RUTH RENDELL

VOLEURS

T
PAR JO

LIVRE INÉDIT OFFERT PAR

LE GRAND LIVRE DU MOIS

EN ASSOCIATION AVEC
LIRE DANS LE NOIR

Titre original :
The Thief

Éditeur original :
Arrow Books (The Random House Group Limited), Londres

ISBN : 2-286-01565-1

CHAPITRE UN

La première fois que Polly vola quelque chose, elle avait huit ans. Sa mère et elle étaient allées en voiture prendre le thé chez sa tantine, qu'elle puisse jouer avec ses cousins James et Lizzie. C'était une belle journée ensoleillée, au milieu de l'été. On avait sorti les tables et les chaises dans le jardin, sous un grand parasol. Il y avait une piscine gonflable et le jet d'eau était ouvert. James et Lizzie étaient en maillot de bain et Polly avait mis le sien. Ils avaient pataugé dans l'eau. Polly était tout excitée, elle avait éclaboussé sa mère et tantine Pauline, et elle avait attrapé Lizzie, elle l'avait maintenue la tête sous l'eau. Sa mère lui avait demandé d'arrêter et puis, comme Polly n'obéissait pas, elle le lui avait répété.

« Arrête tout de suite, Polly. Tu ennuies ceux qui ont envie de jouer ! »

Polly s'était arrêtée un moment, avant de remettre ça, en éclaboussant des deux mains. Sa tantine se leva.

« Viens dans la maison, lui dit-elle. Je veux te montrer quelque chose. »

Donc Polly sortit de l'eau, se sécha avec une serviette et suivit tantine Pauline dans la maison. Elle crut qu'elle allait recevoir un cadeau. Tantine Pauline lui avait déjà dit ça, une fois, elle lui avait montré quelque chose, qu'elle lui avait donné. Pas cette fois. Dès qu'elles furent à l'intérieur et que la porte se fut fermée, sa tantine l'avait basculée sur ses genoux et l'avait fessée fort, dix fois, dix coups secs sur le derrière. Ensuite, tantine Pauline était retournée dans le jardin.

Sa tantine était partie, elle l'avait laissée en larmes, et Polly l'avait détestée. Elle aurait aimé la tuer. En se frottant les yeux, elle avait traversé les pièces à pas de loup. Dans l'une d'elles, il y avait un bureau et, sur le bureau, un livre couché, ouvert, que tantine Pauline était en train de lire. Polly le prit. Elle le glissa dans le grand sac que sa mère avait laissé dans le couloir. Ce livre n'était pas à sa tantine, mais à la bibliothèque. S'il était perdu, tantine Pauline devrait le rembourser…

Quand ce fut l'heure de s'en aller, sa maman et elle montèrent en voiture et, pendant que sa mère était occupée à conduire, Polly sortit le livre du sac à main et le cacha sous sa veste. Elle avait l'intention de le détruire. Mais comment ? Elle n'avait pas d'endroit où le brûler. Elle trouva les ciseaux de sa mère et, pendant que ses parents regardaient les informations à la télévision, elle monta dans sa chambre et découpa le livre en cent petits morceaux.

La mère de Polly et tantine Pauline eurent de nombreuses conversations au sujet de ce livre manquant. Polly était toujours présente, et elle entendait ce qu'elles disaient. Où ce livre avait-il pu passer ? Tantine Pauline avait posé la question à tout le monde, à Oncle Martin, à Lizzie et James, et à la dame qui venait faire le ménage. Personne n'en savait rien.

« Tu ne l'as pas vu, n'est-ce pas, Polly ? » lui demanda sa mère.

Polly la regarda droit dans les yeux.

« Oh non, maman, non, bien sûr. »

Elle était bonne menteuse. Et apparemment, elle était aussi bonne voleuse.

Dans sa classe, à l'école, il y avait une fille qui s'appelait Abigail Robinson. Elle ne faisait pas partie du petit groupe de Polly. Polly estimait qu'Abby était la seule personne de la classe à ne pas l'aimer. Non, ce n'était pas qu'elle ne l'appréciait pas. Abby la détestait, vraiment. Et c'était pire que ça. Elle ne la haïssait pas, elle la méprisait. Abby la considérait comme si elle était une saleté où l'on fiche le pied dans la rue. Et, si elle pouvait l'éviter, elle ne parlait jamais à Polly.

Un jour, Polly lui parla.

« Qu'est-ce qui ne va pas chez moi, j'aimerais savoir ? »

Abby haussa juste les épaules.

« Ma mère te trouve caractérielle », fit Polly.

Sa mère n'avait rien dit de tel. Elle ignorait tout d'Abby Robinson, et bien sûr elle ne pouvait savoir qu'elle n'adressait pas la parole à sa fille.

« À mon avis, c'est un mensonge, répliqua Abby. Encore un mensonge. Tu mens tout le temps. C'est pour ça que je ne veux pas te connaître. »

Abby avait une montre dont elle était fière. Elle était en or avec un cadran vert foncé et des aiguilles en or. En cours de natation, elle la laissa sur une étagère dans le vestiaire et, alors que tout le monde fut entré dans la piscine, Polly s'attarda et prit la montre. Elle la glissa dans la poche de son blazer d'écolière et suspendit le blazer dans son casier.

Après le cours, Abby ne trouvait plus sa montre et on se mit à sa recherche. Polly ne resta pas prendre part aux recherches. Il était trois heures et demie, l'heure de rentrer à la maison. Une fois arrivée chez elle, elle alla sous l'appentis où son père rangeait ses outils et écrasa la montre d'un coup de marteau. Ensuite, elle prit les morceaux, elle sortit dans la rue et jeta les restes de la montre dans une bouche d'égout.

À l'école, tout le monde fut interrogé sur la montre disparue. Le professeur principal questionna Polly ainsi que les autres élèves de sa classe. Elle regarda le professeur dans les yeux, plongea ses yeux dans les siens, avec sa mine la plus honnête.

« Je ne l'ai jamais vue, Mme Wilson, fit-elle. Je n'y ai pas touché. »

Et pendant tout ce temps, elle avait une petite coupure à la main, là où un éclat de verre l'avait égratignée.

Voler des objets aux gens qui l'avaient contrariée, Polly devint coutumière du fait. Sauf qu'elle n'appelait pas ça voler, mais « prendre ». Plus tard, elle était plus grande, elle avait un amoureux prénommé Tom. Il était étudiant et il n'avait pas beaucoup d'argent. Ce qu'il aimait, c'était la musique, et son Discman. Polly trouvait qu'il l'aimait beaucoup plus qu'il ne l'aimait, elle. Elle avait raison, c'était vrai, et ils étaient ensemble depuis un an quand il lui annonça qu'il préférait rompre.

«Je ne supporte pas que tu mentes tout le temps, lui dit-il. Avec toi, je ne sais plus jamais où est la vérité. Tu mens même sur l'heure où tu as quitté le travail, sur l'endroit où tu étais quand tu arrives en retard ou sur qui tu as rencontré. Comme c'est plus facile pour toi de mentir, tu mens.

– Pas du tout. Pas du tout. Dis-moi un mensonge que j'aurais dit, répliqua-t-elle.

– Tu m'as raconté que le téléphone n'avait pas sonné pendant que j'étais sorti, et je sais qu'on a appelé. Il a dû sonner trois fois. Et d'un. Tu m'as raconté que tu n'avais pas bu un verre avec Alex Swain hier soir, mais je sais que si. John t'a vue. On dit que même un menteur est forcé de dire plus de vérités que de mensonges, mais toi tu dis encore plus de mensonges que de vérités. »

Il lui annonça qu'il allait déménager dès le lendemain. Elle lui prit son Walkman pendant qu'il était sous la douche. Il l'avait laissé dans la chambre, sur une chaise, posé au-dessus de sa veste, un Walkman rond, argent et bleu. Elle l'attrapa, descendit l'escalier en courant et sortit dans la rue. L'endroit où ils habitaient se trouvait à un carrefour. C'était tôt le matin et le trafic était chargé, avec de gros poids lourds qui attendaient au feu rouge avant de s'engager sur l'autoroute M1 vers le nord. Polly était tout excitée et elle respirait fort. Quand le feu passa au vert, elle lança le Discman sur la chaussée, sous les roues d'un gros camion. Elle entendit les crissements, les craquements lorsque les énormes roues passèrent dessus.

Tom savait qu'il l'avait laissé quelque part dans la chambre et il fouilla partout. Bien sûr, il demanda à Polly si elle ne l'avait pas vu. Elle le regarda en face et lui répondit que non.

« Je ne te crois pas.

– Crois ce que tu veux, fit-elle. Je n'ai pas vu ton

stupide Walkman tout vieux. Tu as dû le laisser quelque part. »

Que pouvait-il faire ? Le lendemain, il la planta là, mais non sans lui avoir dit qu'il avait vu les morceaux cassés bleu et argent dans la rue.

Polly ne resta pas longtemps seule. Elle se mit à fréquenter Alex Swain et tomba amoureuse de lui. Il tomba amoureux d'elle aussi et ils s'installèrent ensemble. Alex était différent de tous les petits amis qu'elle avait eus auparavant. Il avait cinq ans de plus qu'elle, avec une maison à lui, une voiture et un bon métier. Mis à part cela, c'était un adulte qui s'était créé des règles de vie, et qui s'y tenait. En plus d'être très beau garçon, Alex était gentil et aimant et, surtout, c'était un homme honnête qui tenait à ce qu'on dise la vérité. Il répétait souvent combien il détestait mentir, même ce genre de mensonges que les gens inventent pour s'éviter de sortir quand ils n'ont pas envie d'aller quelque part. Même les mensonges que l'on dit pour éviter de blesser l'autre. Si l'on s'exprimait avec fermeté et gentillesse, disait-il, mentir était inutile.

Être avec lui changea la vie de Polly. Ou plutôt elle crut que cela lui avait changé la vie. Elle s'aperçut qu'Alex lui faisait confiance. Il tenait pour acquis qu'elle lui disait la vérité. Il croyait tout ce qu'elle disait. Et comme elle l'aimait, elle lui disait presque toujours la vérité. Avec lui, ce n'était pas difficile d'être dans le vrai.

« Il me rend meilleure, se disait-elle. Je suis assez jeune pour changer. J'ai de la chance de l'avoir rencontré encore jeune. » L'autre chose qu'il fit pour elle, ce fut de lui apprendre à ne pas détester les autres. Cela n'en valait pas la peine, lui répétait-il. Et maintenant qu'elle était avec lui, personne n'avait l'air de la blesser ou de la contrarier, ou alors c'est qu'elle avait appris à oublier. Elle ne dérobait plus les affaires des autres pour les casser. S'ils étaient désagréables avec elle ou s'ils la trahissaient d'une manière ou d'une autre, elle ne les détestait pas comme c'était le cas auparavant. Tout cela, c'était le passé. Elle avait changé.

« Je ne t'ai jamais connue si heureuse, Polly, lui confia sa mère. D'être avec Alex, cela doit te faire du bien. »

Et son amie Louise lui dit : « Je le trouvais un peu trop béni-oui-oui, mais je ne suis plus de cet avis, maintenant que je vois qu'il te rend heureuse. »

CHAPITRE DEUX

Alex vit la valise avant Polly. C'était une valise assez petite, orange, avec une garniture noire et une bandoulière noir et orange, certainement la seule de ce genre dans tout l'aéroport.

« Il ne la perdra pas, dit-il. Personne ne la lui prendra par erreur. »

Polly rit.

« Si c'était la mienne, je finirais par m'en lasser. »

L'homme à la valise portait un costume noir et une chemise jaune vif. Il était devant eux dans la file d'attente pour l'enregistrement, et il y avait trois personnes entre eux et lui. La file avançait très lentement.

« Tu n'as qu'à y aller. Cela ne sert à rien que tu attendes. Je serai rentrée vendredi, fit Polly.

– Je voulais juste m'assurer que tu as bien franchi

le portique de contrôle, mais si tu es certaine... C'est vrai que j'ai des choses à faire. »

Alex l'embrassa et elle le regarda repartir par là où ils étaient arrivés. Il se retourna deux fois, pour lui faire un signe. L'homme en noir avait atteint le comptoir d'enregistrement et posé sa valise orange sur le tapis roulant. Son nom inscrit en grandes lettres noires sur une étiquette orange était facile à lire : *Trevor Lant.* L'avantage d'un sac de cette couleur, songea Polly, c'était qu'on le voyait dès qu'il débouchait sur le carrousel. Vous ne risquiez pas de vous demander lequel de tous ces sacs noirs était le vôtre. L'homme en costume noir avait reçu sa carte d'embarquement et il se dirigeait vers la porte avec son bagage cabine, petit, mais orange. En avançant dans la file, Polly l'oublia.

Elle l'oublia, c'est-à-dire, jusqu'à ce qu'elle atteigne la porte. Là, elle le revit, elle aurait eu du mal à le louper, car Trevor Lant s'était réservé quatre sièges dans la salle d'embarquement. Le vol devait être plein et tous ceux qui attendaient avaient envie de s'asseoir. Lant avait étalé ses affaires sur les sièges, le petit bagage cabine orange, deux journaux, un magazine, sa veste de costume, un livre et une tranche de cake dans un emballage en plastique. Polly entra dans la salle d'embarquement juste au moment où une femme abordait Lant pour lui demander si cela le gênait de déplacer ses affaires, afin qu'elle et sa mère puissent s'asseoir.

« Oui, cela me gênerait. (Lant la dévisagea.) Premier arrivé, premier servi. Si vous vouliez une place, il fallait arriver plus tôt.

La femme s'empourpra et s'éloigna, très énervée. Ensuite, ce fut le tour d'un vieil homme, puis d'une femme à la voix stridente.

« Qu'est-ce qui vous prend, bonnes gens ? s'écria Lant. Vous ne m'avez pas entendu, tout à l'heure ? Je ne bougerai pas mes affaires.

– J'ai bien peur qu'il le faille, monsieur.

C'était l'une des employées derrière le comptoir, que l'on était allé chercher en plein dans son contrôle des cartes d'embarquement.

– Il y a une dame ici qui ne peut pas rester longtemps debout. Allons, je suis convaincue que vous n'avez aucune envie de créer des histoires.

– Mais si, fit Lant. Les histoires, ça ne m'ennuie pas du tout, moi. Ça animerait un peu les choses, un peu d'histoires. Je commence à me barber grave, dans ce taudis. Allez, bougez-les, mes affaires, et vous allez voir ce que c'est, les histoires. »

Polly n'attendit pas la fin. Elle s'éloigna et resta debout devant une fenêtre, à fixer le Boeing 757 qui, dans une demi-heure, décollerait pour les emmener tous à New York. Derrière lui, des voix s'élevèrent, des gens s'étaient attroupés et des messieurs en uniforme s'étaient joints à eux. Mais juste au moment où elle se dit que l'homme en costume noir n'allait plus être autorisé à rester dans cette salle, on convoqua les passagers et l'embarquement commença. Trevor Lant ramassa lentement ses journaux, son livre, sa veste, sa tranche de cake et son bagage cabine orange et rejoignit la file.

Avec son billet en classe club, Polly se croyait à l'abri de sa présence. Elle était quasi certaine d'avoir vu dans sa main un billet de classe économique. Mais un passager peut être surclassé, et ce fut le cas, semble-t-il, pour Lant. On lui avait attribué le siège voisin de celui de Polly et il allait être assis à côté d'elle pendant les sept heures à venir.

Au début, cela ne semblait poser aucun problème. Lant ne dit pas un mot. Il confia sa veste à un membre de l'équipage, fourra son livre et ses journaux dans la poche du dossier du siège devant lui, et son sac orange par terre. Sa ceinture attachée, il se renversa en arrière et ferma les yeux. Il paraissait trente-cinq ans. Il avait les cheveux noirs, la peau très pâle et des lèvres fines. Elle se souvenait qu'il avait de bonnes dents, les yeux bleus. Tout le monde ou presque l'aurait jugé séduisant, mais il était si grossier. J'espère qu'il ne va pas se montrer grossier avec moi, se dit-elle. J'ai horreur de ça.

Polly tourna la tête vers la fenêtre, songeant qu'elle n'avait jamais vu de vol décoller à l'heure. Celui-ci partit avec dix minutes de retard. Elle avait un livre avec elle et la grille de mots croisés du journal à remplir. Un chariot passa et elle accepta un verre de vin, puis un autre. Alex n'appréciait pas qu'elle boive de trop, mais Alex n'était pas là. Elle lut le journal. On y racontait qu'un dragon de Komodo s'était enfui, et la photo d'un lézard géant illustrait l'article. Un vrai cauchemar.

Lant dormait toujours. On tendit à Polly un menu et un autre pour cet homme, à côté d'elle. Le déjeuner arriva vite, et les tintements métalliques sur sa tablette réveillèrent son voisin. Il se redressa d'un coup, faillit heurter le plateau que lui tendait l'hôtesse.

« Vous auriez pu me prévenir que c'était le déjeuner, dit-il à Polly d'un ton sec. Il fallait me réveiller. »

L'hôtesse croisa le regard de Polly et elle eut un petit sourire. Il était assez clair qu'elle croyait Polly et Lant ensemble. À l'entendre, c'était ça. Polly ne lui rendit pas son regard et ne répondit pas à Lant.

« Je m'appelle Trevor, ajouta-t-il. Et vous ?

– Polly », répondit-elle.

Il fit beaucoup de manières pour installer sa tablette, il tira dessus et la poussa trop loin. Elle prit des pâtes en plat principal et lui un curry de poulet. Polly avait faim et elle avait presque terminé son plat quand Lant posa son couteau et sa fourchette.

« Comment est votre plat, Polly ? Infect, non ? »

Cette fois, il fallait qu'elle dise quelque chose, bien qu'elle soit piquée au vif d'être traitée comme une femme du genre carpette.

« Le mien n'était pas si mauvais.

– Dites-leur ça et le niveau ne va jamais monter. Il ne fera que descendre. Je ne saisis pas ce qui vous prend, bonnes gens. Vous supportez la seconde classe en tout et partout. Vous n'avez aucun goût? Cela vous est égal? »

Avant qu'elle puisse répondre, il tenait les mêmes propos à l'hôtesse qui venait débarrasser leurs plateaux. Il fallait en informer le cuisinier, si cuisinier il y avait, lui répéter en ces termes et revenir lui confirmer qu'elle s'en était bien chargée. L'hôtesse lui promit qu'elle n'y manquerait pas et Polly lui demanda si elle voulait bien lui apporter un autre verre de vin. La réflexion suivante de Lant lui coupa le souffle.

« Ce n'est pas une bonne idée de boire de l'alcool en vol. Ces verres sont très grands. Chaque verre, c'est au moins quatre mesures, et vous êtes assez petite, comme femme. »

Elle avait envie de lui répliquer qu'elle en avait besoin, puisqu'elle était obligée de l'avoir à côté d'elle, mais jamais elle ne disait de choses pareilles. Elle n'était pas très courageuse. Si elle se montrait grossière avec lui, elle avait peur qu'il ne l'insulte et lui débite des remarques sur son allure, sur sa tenue, et cela la blesserait. Il regarda, par-dessus son épaule, la photo du lézard géant.

« C'était à vous que je m'adressais, fit-il.

– Je sais, dit-elle.

– Tenez, voilà votre poison qui arrive. Faites-le durer. Vous ne voudriez pas sortir de cet avion en titubant, à l'arrivée, non ? »

L'hôtesse lui expliqua que le chef de bord lui présentait ses excuses. Ils étaient désolés que la nourriture n'ait pas été à son goût. Accepterait-il un vin de dessert ?

« Je ne bois pas, répliqua-t-il. Donnez-le-lui, à elle. Elle vous sifflera tout. »

Pour Polly, c'en était trop. Elle se dit : si tu ne t'exprimes pas maintenant, tu vas le regretter.

« Êtes-vous toujours aussi grossier ? lui lança-t-elle. Je n'ai pas envie de vous parler. Pourquoi ne me laissez-vous pas tranquille ? »

Elle avait les mains tremblantes, et il s'en aperçut. Il rit.

« Pauvre petite Polly. Alors, papa a été terrible ? »

Elle se sentit rougir. C'était toujours comme ça. Elle n'arrivait jamais à rivaliser avec la grossièreté d'autrui. Elle en avait les mains qui tremblaient, elle rougissait, et il lui venait les mots que prononcerait un enfant. Elle avait d'autres façons d'affronter la chose, mais pour le moment, elles étaient hors de portée. Ses propres paroles la surprirent.

« Vous savez ce qu'on dit ? Si un homme est grossier avec une femme, c'est parce qu'il la trouve séduisante.

– On dit ça ? »

Elle n'avait jamais entendu personne dire ça.

« Vous l'êtes, d'ailleurs. Très séduisante. Vous dînez avec moi, ce soir ? »

Elle n'y songeait pas une seconde. Le laisser la traiter de pauvre petite chose et lui ordonner de cesser de boire ? Enfin, elle pouvait toujours essayer d'être grossière, même si elle rougissait et si elle en avait les mains tremblantes.

« Je préférerais dîner avec le dragon de Komodo », rétorqua-t-elle, très fort.

Là, elle lui avait coupé la chique. Son visage avait viré au rouge et au blanc, ses traits s'étaient figés. Elle se détourna d'un mouvement sec de la tête et regarda par le hublot, sans rien voir. Une voix la surprit : « Voulez-vous du café ? », et elle se retourna. Elle hocha la tête et fit glisser la tasse du plateau. Il prit aussi un café. Ils se redressèrent, le regard fixe devant eux, chacun avec sa tasse.

Comme en arrivant à New York elle se rendait directement à un rendez-vous avec des amis, elle portait un tailleur crème. Une serviette en papier était disposée sur ses genoux. Elle versa du lait dans son café, le remua. La voix de Lant, « Attention, regardez », lui fit tourner la tête. Il leva sa tasse et lui versa un filet de café sur les genoux.

C'était chaud et elle cria. L'hôtesse arriva en courant.

« Il vient de renverser son café sur moi, s'écria-t-elle. Il l'a versé sur moi, exprès. Il est fou. »

Le regard de l'hôtesse passa de l'un à l'autre.

« Je suis persuadée qu'il ne voulait pas...

– Bien sûr que non. Bien sûr que non. Je suis si désolé, Polly. Je ne saurais vous dire à quel point je suis désolé. Que puis-je faire ? Puis-je vous payer la note de blanchisserie ? » fit Lant.

Elle ne dit rien. Si elle parlait, elle avait peur de se mettre à pleurer. L'hôtesse lui épongea son pantalon, mais la tache refusait de partir. Polly comprit qu'elle allait devoir retrouver ses amis avec une grosse tache marron du haut de la cuisse jusqu'au genou. Elle n'aurait pas le temps de se changer. Pourraient-ils lui donner un autre siège ? Le chef de bord se dit désolé, mais il n'y avait pas de places libres.

Elle retourna s'asseoir à côté de Lant. Sa jambe la

brûlait, là où le café chaud était entré au contact de la peau. Elle étala la couverture de la compagnie sur ses genoux, pour masquer la tache. Elle en avait les larmes aux yeux. Elle les ferma et tourna le visage vers le dossier du siège. Il dormait, il respirait fort, et elle entendait sa respiration comme un rire.

« Tu n'es pas une enfant, se dit-elle. Arrête de pleurer, ne lui laisse rien voir. Je le déteste, lui soufflait une voix intérieure, je le déteste. J'aimerais le tuer. » Elle repensa à d'autres personnes qu'elle avait détestées comme ça, sa tantine Pauline, une fille à l'école, un amoureux qui l'avait quittée. Elle s'était vengée d'eux. Avec Trevor Lant, la vengeance n'était pas possible.

Ses larmes ayant séché, elle resta assise là, des heures, plus calme, et elle se répétait : « Tu ne le reverras jamais, après l'atterrissage. Plus jamais. »

Elle somnola. La voix du commandant leur annonçant le début de la descente vers New York la réveilla. Lant était encore endormi.

CHAPITRE TROIS

Avec dix minutes de battement avant l'arrivée de ses amis, Polly changea de pantalon pour en enfiler un noir, dans les lavabos de l'hôtel. Le lendemain matin, elle essaya trois pressings, mais tous lui répondirent que la tache ne s'en irait jamais, même si l'un des trois lui promit qu'il ferait pour le mieux. Elle était venue à New York pour le mariage de sa cousine Lizzie et elle avait l'intention de passer une journée joyeuse. Avant de partir pour l'église, elle eut Alex au téléphone. Elle avait pensé lui parler de Trevor Lant et de ce qu'il lui avait dit. Mais sans trop savoir pourquoi, alors qu'elle lui parlait, elle en fut incapable. Si elle commençait, elle allait devoir lui confier ce qu'elle avait répliqué à Lant quand il l'avait invitée à dîner. Il en serait choqué. Il détestait la grossièreté.

« Ton vol s'est bien passé ?

– Oh, oui. Très bien.

– Pas de voisin épouvantable à côté de toi ? »

Là, ce serait le moment de lui raconter. Au lieu de cela, elle mentit. Il était si gentil et si confiant qu'il la croyait toujours.

« Non. Le siège était vide, pendant tout le voyage, jusqu'à New York.

– J'espère que tu auras autant de chance au retour. Tu me manques, ma chérie.

– Tu me manques aussi. »

Pourquoi avait-elle menti à Alex ? Un ancien petit ami lui avait expliqué qu'elle mentait alors que c'était inutile. Elle aurait pu dire à Alex qu'un homme s'était installé à côté d'elle et rien de plus. Mais elle avait menti. Et c'était la première fois depuis des semaines.

Elle se rendit au mariage. Sa tantine Pauline était là, c'était la mère de la mariée, et elle accueillit Polly à la porte de l'église. Polly ne l'avait guère revue depuis toutes ces années. Tantine Pauline avait beaucoup changé et elle avait l'air très vieille, mais elle restait encore cette femme qui l'avait fessée après lui avoir dit qu'elle avait quelque chose à lui montrer. Polly entra et prit place, et elle repensa au livre qu'elle avait dérobé et découpé. Elle regarda sa petite cicatrice à la main, là où l'éclat de verre l'avait entaillée. Quand l'office débuta, elle oublia tantine Pauline, la fessée et le livre pendant un moment et se demanda ce qu'elle éprouverait si elle était la mariée et Alex le marié. Un jour, songea-t-elle, peut-être un beau jour se marieraient-ils.

Le lendemain, on l'emmena au théâtre. Ensuite, il y eut le shopping et le déjeuner avec les amis qu'elle avait retrouvés à son arrivée. Elle n'avait plus revu tantine Pauline et quelqu'un lui avait signalé qu'elle était repartie le mardi matin. C'est mardi soir que Polly prit un taxi pour l'aéroport. Il fallait qu'elle achète un cadeau à rapporter à la maison, pour Alex, mais apparemment il n'avait jamais envie de rien et, en fin de compte, après avoir regardé les vitrines des boutiques, elle abandonna.

La valise de Lant fut en vue avant lui. Elle se dit : « Ce n'est pas possible, j'ai des visions. » Mais elle était là, dans la file d'attente de la classe économique, et il était là, dans son costume noir, avec une chemise rose cette fois, et son bagage cabine orange. Elle n'aurait pas dû lui dire ce qu'elle lui avait dit. Il n'aurait pas oublié. C'était le genre d'homme à vouloir se venger et elle s'y connaissait, en matière de vengeance.

Cette fois, ils n'allaient pas le surclasser en club. Mais non, sûrement pas. La file où il était avançait plus lentement que la sienne. Elle était bien plus longue. Après s'être fait enregistrer, elle se retourna et croisa son regard. Il retroussa la lèvre et ébaucha un geste du majeur de la main droite.

Elle sentit le sang lui monter au visage. Je vous en prie, laissez-moi vite terminer cet enregistrement et m'éloigner de lui. Quand on lui remit sa carte d'embarquement, elle soupira, soulagée, et partit aussi vite qu'elle put.

La porte était loin, mais elle y arriverait la première. Et ensuite, viendrait-il s'asseoir à côté d'elle ? Il valait mieux qu'elle n'arrive pas là-bas la première. Qu'il y soit lui, d'abord, et ensuite elle pourrait s'asseoir loin de lui. Bientôt tu seras à la maison, se dit-elle, et là vraiment, tu ne le reverras plus. Il ne peut te faire aucun mal. De toute manière, il sera sûrement en classe économique.

Elle se rendit dans un petit bar, elle avait envie d'une tasse de café. Elle s'assit sur un tabouret au comptoir, et à la place elle commanda un gin tonic. Elle en avait besoin.

S'il passait par là, elle ne le verrait pas. Mais elle ne pouvait plus rester là très longtemps. Il fallait qu'elle y aille. Dans dix minutes, la porte allait fermer et dans vingt minutes l'embarquement commencerait. En route pour la porte, elle avait la sensation qu'il pouvait surgir derrière elle à tout moment. Même la toucher. C'était comme marcher dans une rue sombre la nuit en sachant que quelqu'un vous suit. Le bruit des pas se rapproche, mais il ne faut pas courir.

Elle se retourna. Ce bruit de pas, c'était une femme. Il n'était nulle part. Il devait être à la porte, songea-t-elle, et en effet. Il avait dû se présenter là pendant qu'elle prenait son verre, et elle ne l'avait pas vu. Elle savait qu'il devait s'y trouver, mais quand elle le vit, elle sursauta quand même. Elle s'assit aussi loin de lui que possible. L'embarquement débuta et, quand elle rejoignit la file, il vint vers elle. Elle se détourna, fit semblant de ne pas le voir, mais il lui adressa la parole. Il n'y avait pas moyen d'y échapper.

« Vous vous souvenez de moi ? » dit-il.

Elle hocha la tête, la bouche sèche.

« J'estime que vous devriez vous excuser de ce que vous m'avez dit. »

Elle retrouva sa voix, une petite voix suraiguë.

« Certainement pas. Ce dragon, à côté de vous, il est ravissant. Maintenant allez-vous-en. »

Il lui hurla dessus.

« Espèce de salope ! Salope de bêcheuse ! »

Un membre du personnel de l'aéroport se dirigea vers eux.

« Monsieur, je vous en prie. Ce n'est pas possible. Baissez d'un ton.

– Dites-lui, reprit Lant. C'est ma compagne. Elle vole en club et elle me fait voyager en économique. Qu'est-ce que vous dites de ça ? »

Polly se sentait les larmes aux yeux. Sa réplique – « Pas du tout, je n'ai pas fait ça » – paraissait faiblarde. « Montons dans l'avion, c'est tout », ajouta-t-elle, un sanglot dans la gorge.

Et quand ils eurent embarqué, on l'envoya sur la gauche et Lant sur la droite. À présent, il était tout silencieux, docile. Il avait eu ce qu'il voulait, il avait fait croire à l'équipage qu'elle était sa compagne. Elle le vit bien, aux regards qu'on lui adressait. La chef de bord en avait conclu que Lant et elle formaient un couple, mais qu'elle avait pris les rênes et que c'était elle qui avait l'argent. Quel genre de femme forcerait son mari, son amant ou son petit ami à voyager en classe économique pendant qu'elle voyagerait en club ? Pas étonnant qu'ils la regardent tous comme cela.

Enfin, il était parti et il n'avait aucune raison de venir par ici. Tôt dans la matinée elle serait à Londres et elle ne le reverrait plus jamais. Alex serait là pour l'accueillir. Si seulement il était avec elle, là, tout de suite ! Elle mourait d'envie de le voir. S'il était avec elle en ce moment, pour lui tenir la main, pour la réconforter, pour parler à Lant sur un ton dont lui seul était capable, avec calme, sérénité, mais fermeté. Elle boucla sa ceinture, ferma les yeux, fit comme si Lant n'était pas là.

Ce fut le décollage. L'appareil traversa la couverture nuageuse pour déboucher dans un ciel bleu. Polly avait eu un verre d'apéritif et une petite bouteille de vin avec son dîner. Cela l'aiderait à dormir. Juste avant que l'on baisse les lumières de la cabine, l'hôtesse vint la voir et lui tendit un bout de papier.

« Votre compagnon m'a prié de vous remettre ceci. »

Polly crut percevoir de la froideur dans le ton de sa voix.

« Merci. »

Pourquoi cette femme restait-elle plantée là ?

« Souhaiteriez-vous autre chose, avant que nous ne réduisions l'éclairage ?

– Non, merci. Ça ira très bien. »

Le bout de papier était plié en deux. Elle était sûre que l'hôtesse l'avait lu. Bien sûr qu'elle l'avait lu. Polly le déplia. *« Ne te saoule pas,* lui écrivait-il. *Tu es une alcoolique et je t'ai à l'œil. »*

Elle aurait aimé le tuer. S'il était à ses côtés en cet instant, elle le frapperait. Elle ne pourrait pas s'en empêcher. Souvent, en vol, elle dormait, mais maintenant elle ne pourrait plus. Elle n'arrêtait pas de repenser à l'hôtesse lisant ce mot, répétant tout au reste de l'équipage. Peut-être Trevor Lant leur avait-il parlé d'elle, en leur demandant de la surveiller. Peut-être parlait-il aux passagers autour de lui, en la désignant, en leur racontant qu'elle lui créait du souci. Le frapper, se rendre là-bas et le frapper, si seulement elle osait. Elle resta allongée, éveillée, toute la nuit, se tournant et se retournant, et elle pensait à tantine Pauline, la fessée, le jardin. Et à ce qu'elle avait fait. Il y avait longtemps, plus de vingt ans, mais cela restait encore frais dans son esprit.

Un autre mot lui parvint, le matin. Cette fois, elle ne le lut pas. Elle savait qu'il s'agirait de boisson. Elle avait l'intention d'arrêter, de toute façon, pas à cause de Lant, mais parce qu'Alex n'appréciait pas.

Maintenant, elle réfléchissait, et songea que la classe club allait descendre avant tout le monde. Après l'atterrissage, elle serait parmi les dix ou douze premières personnes à descendre. Il serait loin derrière elle.

Elle se leva et se dirigea vers la sortie, en veillant à ne pas regarder sur sa gauche. Elle garda les yeux fixés droit devant elle. Elle était le cinquième passager à mettre le pied hors de l'avion. Elle marcha vite. Dans les corridors, elle suivit les pictogrammes, conserva sa cinquième position, rejoignit la file « UE », montra son passeport et passa. C'est ensuite, et seulement, qu'elle se retourna. Lant n'était visible nulle part.

Elle suivit le tapis roulant jusqu'au hall des bagages. Prit un chariot. Les bagages du vol de New York commencèrent à émerger juste après son arrivée. Pour la première fois de sa vie, sa valise fut l'une des premières à défiler sur le carrousel. Elle s'en saisit et la déposa sur le chariot. Elle commença à rouler et c'est alors qu'elle vit l'autre, orange, rebondir sur le tapis. La valise orange de Lant, avec sa garniture noire.

Sa haine de lui l'emplit tout entière et son cœur

cognait. Elle se retourna et fit demi-tour, elle regarda la valise orange poursuivre le circuit. Il y en avait une bleu clair devant, et une noire derrière. Elle resta là, debout, elle attendit – quoi ? Qu'il arrive ? Les bagages refirent un tour. Une grise d'abord, puis une rouge foncé avec une lanière autour, et la bleu clair. Sans réfléchir à ce qu'elle faisait, Polly tendit le bras, attrapa la valise orange par la poignée et la tira hors du tapis. Elle la posa à côté de la sienne sur le chariot et s'éloigna. Son cœur battait fort. Elle était tendue, de peur et de joie. C'était sa vengeance. Dès qu'elle pourrait, elle détruirait cette valise.

C'est seulement au moment de franchir la douane qu'elle se dit que cette valise orange serait reconnaissable partout. Personne d'autre n'en avait une pareille. Alex la reconnaîtrait dès qu'il la verrait. Elle entra dans les toilettes pour dames, laissa le chariot dehors. Avec sa valise et celle de Lant, elle entra dans un box et, la porte verrouillée, elle ouvrit le bagage orange. Pas le temps de regarder ce qu'il y avait dedans. Elle sortit tout, des sacs en plastique pour l'essentiel, mais aussi des vêtements sales. Au voyage aller, sa propre valise était à moitié remplie de cadeaux pour Lizzie et d'autres amis. Une fois ces présents disparus, il y avait plein de place. Elle la bourra avec les affaires de Lant et referma.

La valise orange resterait là. Elle trouva un bout de papier dans son bagage à main et y inscrivit *Hors service.* Elle déverrouilla la porte, et dit à la femme qui attendait: « N'entrez pas là. C'est sale. C'est répugnant », elle accrocha le mot à la poignée. Des heures s'écouleraient avant qu'on ne trouve la valise orange.

Toutes les affaires de Lant, ça ne valait rien, se dit-elle. Tout ce qu'il avait avec lui ne valait rien – mais pas pour lui. Cette perte allait lui gâcher sa journée et la suivante. Cela lui coûterait beaucoup d'argent. Cela lui créerait des ennuis sans fin. Bien. Elle détruirait tout. Évidemment. Elle détruisait toujours ce qu'elle dérobait.

Il s'était écoulé un long laps de temps sans qu'elle ait volé quoi que ce soit. Des années. Elle se souvenait d'avoir pris le Walkman de Tom. Pour lui faire payer. Pour se venger parce qu'il lui avait dit qu'elle était menteuse et qu'il ne pouvait supporter ses mensonges. Mais ce devait être son dernier vol. Ne recommence plus jamais, s'était-elle dit. Tu vas devenir comme Alex, honnête, sincère, la femme parfaite, pour lui…

Lant devait être dans la salle des bagages, maintenant. Il devait voir toutes les autres valises qui arrivaient, toutes sauf la sienne. Il se rendrait au comptoir des bagages égarés pour le leur signaler. Il s'écoulerait un long moment avant qu'il comprenne qu'elle la lui avait prise – s'il saisissait jamais.

Pourquoi ai-je fait ça ? se demanda-t-elle en sortant dans l'air froid de Londres. Pourquoi ai-je fait ça ? Et puis Alex fut là, il l'embrassa, et la débarrassa de sa valise. Elle marcha à ses côtés, vers la voiture.

« Tu es très silencieuse, lui fit-il. Est-ce que tu vas bien ?

– Je vais bien. »

Revenir chez soi, c'était mieux que partir. C'était seulement depuis qu'elle avait rencontré Alex que Polly ressentait les choses ainsi. Avant cela, son chez-elle n'était qu'un endroit où dormir, le cas échéant où prendre un petit déjeuner. Cette maison était celle d'Alex. Il l'avait achetée avant leur rencontre et l'avait meublée d'objets choisis avec soin, dans les tons qu'il aimait. La première fois qu'il l'avait amenée ici, elle avait fait le tour des lieux, tout admiré. Les gens qu'elle connaissait n'habitaient pas dans des maisons de ce genre. C'était la maison d'un adulte, remplie de choses qu'Alex était allé rechercher, de la porcelaine, des verres, des livres, des photos et des plantes vertes, des coussins et des tapis. Polly savait qu'Alex avait sûrement garni des vases de fleurs pour lui souhaiter la bienvenue. Il y avait des tulipes et des jonquilles dans le vestibule, sa première vision quand elle avait ouvert la porte.

Il fallait qu'il parte au travail, presque tout de suite. Elle avait envie qu'il s'en aille, qu'elle puisse ouvrir la valise. Désirer le départ d'Alex, c'était nouveau pour elle. Elle n'avait jamais ressenti cela avant, mais maintenant elle mourait d'envie d'ouvrir sa valise. Alex la monta au premier, dans leur chambre, et la coucha sur le lit. Il dit au revoir à Polly avec un baiser, précisa qu'il serait de retour à la maison à six heures. De la fenêtre, elle le regarda remonter dans sa voiture et sortir de l'allée en marche arrière.

Sur tout le trajet jusque chez eux, elle avait attendu de l'ouvrir. Mais maintenant qu'elle était seule, étrangement, l'ouvrir ne lui paraissait plus une si bonne idée. Elle s'en approcha et posa les mains sur le rabat. La cicatrice de sa main gauche se voyait plus que d'habitude. Elle ressortait, rouge sur la peau pâle. Ses mains restèrent là un moment, et puis elle les retira. Elle n'avait pas exactement peur de ce qu'elle risquait de voir. C'était juste qu'elle n'avait pas besoin de savoir tout de suite, à l'instant, à cette minute, ce qu'il y avait dans ces sacs en plastique qu'elle avait sortis de la valise orange. Plus tard, ça irait. Elle remit donc à plus tard.

Elle tira la valise du lit et la cala sur une chaise. Puis elle s'allongea sur la courtepointe. Le soleil brillait fort. Devait-elle tirer les rideaux ? Elle se leva et les tira. Ils étaient couleur bleuet et la chambre baignait maintenant dans une lueur bleutée. Elle regagna le lit et s'allongea, tournant le dos à la fenêtre. Elle avait face à elle la chaise et la valise. Elle ferma les yeux, essaya de dormir, mais la pièce était trop éclairée. C'était difficile de garder les yeux ouverts, mais quand elle les rouvrit, elle ne vit que la valise. Elle se releva et la posa par terre, hors de sa vue, puis se recoucha.

Le sentiment de triomphe qui l'avait envahie quand elle avait pris cette valise orange avait disparu. Déjà, elle regrettait de l'avoir emportée. Elle avait beau être fatiguée, elle savait que cela ne servait à rien de rester couchée là. Elle ne dormirait pas. Après quelques minutes, dans cette douce lumière bleue, elle se leva, rouvrit les rideaux et descendit au rez-de-chaussée. Elle se confectionna un sandwich mais fut incapable de le manger. Ce qu'il lui fallait, c'était un alcool, pour l'aider à ouvrir la valise.

Elle se servit un verre de gin, y ajouta un cube de glace et du jus d'orange. Cela la fit penser à Lant, qui l'avait traitée d'alcoolique. Ce qui justifiait de lui avoir pris sa valise. Il l'avait bien cherché. Il avait cherché ce qu'elle lui avait fait, à lui parler de la sorte. Le gin, c'était une bonne idée. Rien qu'à le boire, elle se dit qu'elle allait être capable d'ouvrir ce bagage, sans tarder, même si elle n'arrivait pas encore à avaler son sandwich. J'ai eu ma revanche, se dit-elle, en remontant au premier, j'ai eu ma revanche. Je lui ai rendu la monnaie de sa pièce. Elle ne se sentait pas euphorique comme lorsqu'elle avait pris le livre de tantine Pauline. Quand elle avait découpé les pages avec les ciseaux de sa mère. Ou subtilisé la montre d'Abby Robinson, fracassée avec le marteau de son père, poussé les morceaux dans le caniveau, en se faisant cette cicatrice.

Peut-être ne s'estimait-elle pas heureuse de n'avoir pas encore détruit ce qui était dans la valise. Briser, brûler ou découper les choses qu'elle dérobait lui donnait toujours la sensation de se soulager l'esprit d'un poids. C'était comme cela qu'elle finissait par se sentir mieux. Ces sacs en plastique ne devaient contenir que des vêtements sales et peut-être quelques achats. Des trucs à deux sous, à peu près sans valeur, mais les brûler, les piétiner, les enfourner dans la poubelle, cela l'aiderait. Elle souleva la valise et la reposa sur le lit.

Il faut que je sorte mes vêtements, se dit-elle. Il faut que je sorte ses affaires. Arrêter de tergiverser. Le temps passe. Il est déjà presque trois heures et Alex sera de retour à six heures. Mais elle tergiversait. Cela faisait si longtemps qu'elle n'avait plus rien pris à personne, rien détruit. Parce que je n'en avais plus besoin, songea-t-elle. Parce que j'ai rencontré Alex et j'étais heureuse. C'était ça ? Je ne racontais plus de mensonges parce que j'étais heureuse. Elle se rendit à la fenêtre et regarda en bas dans la rue. Quelqu'un gara une voiture rouge, en face. Une femme arriva avec un petit chien marron tenu en laisse. Retournes-y, se dit-elle. Retournes-y et ouvre cette valise.

Supposons qu'il y ait quelque chose d'épouvantable à l'intérieur. Mais qu'est-ce que ça pourrait être ? Des morceaux de cadavre, s'imagina-t-elle, de la drogue. Mais non, des horreurs pareilles, on les aurait déjà trouvées. Du porno ? Bon, si c'était ça, elle brûlerait le tout. Le mieux, ce serait de tout brûler. Mais où brûlerait-elle tout ça ? Personne n'avait plus de cheminée, sauf peut-être à la campagne. Il y avait un seau en métal dehors, dans l'appentis. Elle pourrait allumer un feu dedans. C'était souvent ce qu'on faisait, quand sa mère était plus jeune.

Compte jusqu'à dix, dit-elle à haute voix, et quand tu arrives à dix, tu ouvres la valise. Elle compta jusqu'à dix mais ne l'ouvrit pas. C'était fou, ce n'était pas des façons d'avancer. Elle posa les mains sur le couvercle de la valise et revit sa cicatrice. Elle ferma les yeux, pour ne plus la voir, retint son souffle, et ouvrit d'un coup.

Les sacs en plastique de Lant étaient éparpillés à l'intérieur. Elle était incapable de voir ce qu'il y avait dedans. D'un geste lent, elle les sortit, les coucha sur le lit, elle sentit du papier au travers. Elle comprit ce qu'il y avait dedans avant même d'avoir ouvert, et elle en eut la nausée. Elle ouvrit les paquets, l'un après l'autre. Rien de sale, rien d'horrible. Les paquets étaient remplis d'argent, des billets de cinquante livres dans l'un, des dollars américains dans le suivant, des euros dans le troisième, des centaines, si ce n'est des milliers.

Elle courut dans la salle de bains et vomit dans le lavabo.

CHAPITRE QUATRE

L'argent, c'était la chose qu'elle était incapable de détruire. Peu importait la force de son envie. Elle ne pouvait pas. Les objets, oui. Un livre, une montre, un Walkman. Rien de tout cela ne lui avait fait l'effet d'un vol, mais d'une vengeance, comme un tour de passe-passe, comme de récupérer son propre bien. Un homme, une connaissance de son père, avait été surpris à voler de l'argent à l'entreprise qui l'employait. Sa mère et son père en avaient été choqués, bouleversés, et elle aussi quand on le lui avait appris. À présent, elle était aussi mauvaise que cet homme, elle avait volé de l'argent. Elle risquait d'aller en prison ou, comme c'était son premier délit, d'écoper d'une amende et d'une inscription à son casier judiciaire pour le restant de ses jours.

En se répétant qu'elle avait besoin de savoir, qu'il n'était plus question de reculer, elle compta l'argent. Cinq mille livres, un peu moins de dix mille dollars, et presque dix mille euros. Et pourtant, il avait voyagé en classe économique. Parce qu'il avait touché cet argent à New York et il avait déjà son billet du vol retour ? Peut-être. Quelle importance ? L'important, l'épouvantable, c'était qu'elle l'avait volé.

Elle ne pouvait pas le laisser sur le lit. Le temps passait et il était presque quatre heures. À cette période de l'année, le soleil s'était couché, la lumière disparaissait. Elle ne pouvait pas laisser les vêtements sales de Lant ici non plus. Elle les fourra dans les sacs en plastique, les descendit et les jeta dehors, dans la poubelle. L'après-midi était froid, maintenant qu'il faisait nuit. Un vent mordant soufflait.

De retour dans la chambre, elle recompta l'argent. Cinq mille livres, ça n'occupe pas beaucoup de place. Elle se rendit au secrétaire, qu'elle appelait le sien alors qu'en réalité tout dans cette maison appartenait à Alex, elle trouva une grande enveloppe kraft et glissa l'argent dedans. L'enveloppe aurait pu contenir le double de ce montant. Quand elle ne vit plus l'argent, ce fut moins grave. Une fois caché, elle sortit ses vêtements de la valise, en mit certains de côté pour les laver, d'autres pour les porter au pressing.

Le téléphone sonna. Elle sursauta, elle en eut le souffle coupé. Ce devait être lui. Ce serait Trevor Lant. Que pourrait-elle dire ? Très effrayée, elle décrocha, la main tremblante.

Sa voix vint, voilée, stridente.

« Allô ? »

C'était sa mère.

« J'avais dit que j'appellerais. En te laissant le temps d'arriver et de déballer. Comment était le mariage ?

– C'était bien.

– Tu n'as pas l'air d'aller fort. Tu as un rhume ? »

Polly mourait d'envie de lui raconter. Elle en était incapable. Elle savait que sa mère lui répondrait : préviens Alex, préviens la police, explique ce que tu as fait et arrange tout. Mais d'abord elle lui dirait, Polly, comment as-tu pu ? Qu'est-ce qui te prend ?

« Je suis juste fatiguée, répondit-elle, et puis elle fit un effort. Comment va papa ?

– Mieux, je suis contente, je dois dire. Il pensait que vous pourriez venir dîner tous les deux, ce soir. Ça t'évite de cuisiner. »

Sa mère se figurait qu'elle passait sa vie comme il y a trente ans, à cuisiner des plats de viande avec deux légumes et à préparer des desserts. Au moins, elle saurait, aujourd'hui, comment faire un feu, comment on brûle des objets…

« Est-ce qu'on peut faire ça un autre soir ? Demain ?

– Bien sûr, ma chérie.

– Je t'appelle. »

Quand elle eut raccroché, la maison lui parut très silencieuse. Il n'y avait aucun bruit dans la rue, le vent ne soufflait pas, pas le moindre bruit de pas, pas le moindre bruit de circulation. Comme si le monde entier était devenu muet. Le silence lui donnait une forte envie de bruit. Elle tendit le doigt et tapota la tête de lit. Ce minuscule tapotement la fit sursauter. Et puis elle se dit, à voix haute « Que vais-je faire ? »

Pas ce que sa mère lui aurait conseillé. Pas non plus ce qu'Alex lui aurait conseillé. Pourtant, il était évident qu'elle ne pouvait garder l'argent. Plus cet argent passait de temps dans cette maison, plus c'était du vol. Si elle l'emportait au commissariat de police et leur expliquait ce qu'elle avait fait, ils la prendraient pour une folle. Ils l'arrêteraient. Elle s'imaginait leurs visages, ils la fixeraient du regard en la priant de répéter ce qu'elle venait de leur avouer. Vous avez pris sa valise à un homme ? Mais pourquoi ? Qu'aviez-vous en tête ? C'était du vol – vous l'ignoriez ? Elle savait qu'elle ne pouvait se rendre à la police. Mais il fallait qu'elle décide quelque chose. Trouver où habitait Trevor Lant ? Oui, c'était ça. Trouver où il habitait et lui rapporter son argent.

Tout d'abord, l'annuaire. S'il n'était pas dedans, elle essaierait Internet. Il ne vivait peut-être pas à Londres. Enfin, elle allait essayer d'abord dans l'annuaire qu'elle avait ici, celui de West London. Elle tourna les pages, sa main tremblait. Lanson, Lanssens, Lant… Il y avait quatre Lant dans la liste, un à Notting Hill, un à Maida Vale, un à Bayswater et un T. H. Lant, plus près de chez elle que les trois autres. À moins d'un kilomètre, à peu près, à Willesden. Mais pouvait-elle être sûre que c'était lui ? Elle avait la possibilité de lui téléphoner et, quand il répondrait, dire : « Trevor Lant ? »

Il reconnaîtrait sa voix. Elle aurait bien trop peur pour lui téléphoner, elle le savait. Et si elle obtenait que quelqu'un d'autre s'en charge ? Pas Alex, ni son père ni sa mère. Une amie ? Roz ? Louise ? Ils voudraient savoir pourquoi. L'adresse dans l'annuaire évoquait une maison, pas un appartement. Numéro 34, Bristol Road, NW2. Pourquoi lui vint-il cette idée folle qu'elle reconnaîtrait sa maison dès qu'elle la verrait ? S'imaginait-elle qu'il l'aurait peinte en orange ?

Elle ne pourrait se rendre sur place, bien sûr que non. Il la reconnaîtrait. Sauf si elle portait un long manteau noir, si elle relevait ses cheveux, retenus par un foulard, comme en portaient les femmes musulmanes, avec des lunettes noires. Irait-elle là-bas juste pour voir ? Pour s'assurer que Trevor Lant, dont elle avait l'argent, habitait là-bas ? Et comment s'y prendrait-elle ?

Il n'était que quatre heures et demie de l'après-midi, mais à présent il faisait noir. Si elle avait l'intention d'être rentrée avant le retour d'Alex, elle avait intérêt à partir vite. Si elle voulait restituer son argent à Trevor Lant, il fallait aussi qu'elle lui rapporte ses vêtements. Les conserver, ce serait aussi du vol. Dehors, il faisait glacial, avec un vent cinglant. Les mains de nouveau tremblantes, elle sortit le sac en plastique de la poubelle et, pour la première fois, elle examina son contenu. Deux T-shirts, deux slips, deux paires de chaussettes, la chemise jaune qu'il portait dans l'avion à l'aller et une chemise rouge. Elle écrivit un mot à Alex, pour le cas où elle ne serait pas rentrée à temps : *Partie chez Louise. Je reviens vite.* Il n'avait jamais apprécié Louise. Il ne lui téléphonerait pas.

Alex avait pris la voiture. Elle pourrait prendre le bus, puis marcher jusqu'à Bristol Road. Subitement, elle s'aperçut à quel point elle était fatiguée. Bien sûr, elle n'avait pour ainsi dire pas dormi la nuit dernière et, une fois de retour à la maison, elle n'avait pas réussi à trouver le sommeil non plus. Un verre l'aiderait. Il l'avait traitée d'alcoolique et il avait peut-être raison. Et alors ? Quand tout cela serait fini, une fois l'argent, les vêtements restitués, elle cesserait de boire. Alex serait content. Plus de gin, en tout cas. Pas à cette heure-ci, comme dirait sa mère. Elle ouvrit une bouteille de vin rouge et se versa un grand verre.

Après en avoir bu la moitié, elle enfila son long manteau noir, s'enveloppa la tête d'un long foulard gris et noir et mit des lunettes noires. Cet accoutrement lui donnait une allure étrange, mais par ici, beaucoup de gens avaient l'air étrange, Fallait-il qu'elle emporte l'argent et les vêtements avec elle ? Et ensuite ? Les laisser sur le pas de la porte ? Non, trouve un autre moyen de les lui rendre. Elle glissa l'enveloppe dans le tiroir de son bureau, les vêtements dans la machine à laver, et but le reste du vin.

Elle dut attendre le bus longtemps. Vingt personnes à peu près attendaient, pour la plupart en silence, des gens fatigués après leur journée de travail. Il faisait très froid et de minuscules flocons de neige tombaient. Elle était contente de s'être couvert la tête de ce foulard. Une femme la dévisagea comme si elle n'avait jamais vu de lunettes noires auparavant, mais Polly ne les retira pas, même quand le bus arriva. Dans le bus, presque tout le monde était assis en silence, l'air maussade, seules quelques personnes bavardaient et riaient, buvaient des boissons gazeuses, mangeaient des chips, des sandwichs, du chocolat. Des bébés pleuraient, des enfants grimpaient sur les genoux des gens et sur les sièges. L'une des petites filles avait l'âge de Polly quand elle avait découpé ce livre de la bibliothèque. Elle descendit bien avant Bristol Road et continua à pied.

Beaucoup de femmes étaient habillées comme elle, moins les lunettes. Personne ne fit attention à elle. Une fois qu'elle eut tourné dans une petite rue de traverse, il n'y eut plus personne. Des voitures étaient garées pare-chocs contre pare-chocs, des deux côtés. Derrière des rideaux colorés, des lampes éclairaient faiblement. Un arbre de Noël mort depuis longtemps avait été jeté sur le trottoir avec des sacs poubelles. Elle avait vérifié Bristol Road dans le guide des rues et elle était sûre de connaître le chemin, mais cela lui semblait très long. Elle n'arrêtait pas de penser qu'elle allait le rencontrer en chemin. Ou que les pas qui la suivaient étaient les siens. Elle se retourna une fois, puis une autre, mais il n'y avait personne. Quand elle atteignit l'angle, elle vit le nom de la rue, Bristol Road, elle eut trop peur pour continuer. Sa montre indiquait déjà six heures. Alex serait de retour à la maison dans dix minutes.

Elle serra ses mains glacées, elle regrettait de ne pas avoir pris de gants. Elle s'obligea à marcher, à mettre un pied devant l'autre. Bristol Road paraissait plus sombre que les autres rues par où elle était passée. Les réverbères étaient très espacés. Il n'y avait plus d'arbres et les jardins étaient plantés d'arbustes à feuilles persistantes, de ceux qu'on voyait dans les cimetières, qui ne perdaient jamais leurs feuilles noires. Les lunettes fumées qu'elle portait rendaient l'obscurité plus profonde, mais elle avait peur de les retirer. C'était une longue rue et elle l'avait prise au numéro 188. Jusqu'au 34, cela lui paraissait des kilomètres, lorsqu'elle arriva enfin devant la grille, ou plutôt n'osant pas trop s'approcher devant la grille du 32. Elle se tint au montant de la grille comme une vieille femme qui aurait peur de tomber.

Il n'y avait pas de lumière allumée à l'intérieur de la maison. Elle était plongée dans le noir et le jardin côté rue était plein de sombres fourrés. Un peu de la lumière du réverbère se reflétait aux fenêtres, de sorte qu'on aurait dit du verre noir. De toutes les maisons de ce côté-ci, seul le numéro 34 avait une porte peinte de couleur vive. Il était difficile de dire quelle couleur au juste, mais cela ressemblait à du jaune, un jaune alimentaire, comme un jaune d'œuf ou un morceau de fromage.

À l'évidence, il n'y avait personne. Elle s'avança presque sur la pointe des pieds jusqu'à la fenêtre de l'entrée et elle essaya de regarder à l'intérieur. Il faisait trop nuit pour qu'on discerne grand-chose, hormis le contour de chaises et de tables lourdes et banales. Elle chercha un nom sous la sonnette, mais il n'y avait rien. L'annuaire indiquait qu'un T. H. Lant habitait ici, mais pas qu'il y vivait lui. Ce pouvait être Thomas ou Tim Lant. Elle n'avait aucun moyen de le savoir. Il se pouvait qu'il ne vive même pas à Londres, mais quelque part dans le Nord, au pays de Galles ou vers la mer. Elle allait devoir revenir de jour. Demain, c'était samedi et elle pourrait revenir.

Qu'allait-elle raconter à Alex ? Invoquer un prétexte. Tu veux dire inventer un mensonge, se dit-elle. Mais elle allait être obligée. Supposons qu'Alex soit à sa place, il serait forcé de mentir. Mais lui ne mentirait pas, pensa-t-elle en retournant à l'arrêt de bus, se sentant faible et fatiguée. Jamais il ne ferait ce que je fais...

CHAPITRE CINQ

Sur le chemin du retour, elle réfléchit : supposons que je tombe sur la police, qu'elle m'attende ? Je peux m'expliquer, songea-t-elle. Je peux leur raconter qu'il me l'a donné. Ou je peux raconter que je ne sais rien de tout ça. Et s'ils veulent fouiller la maison ? Je soutiendrai que c'est mon argent, que ce sont les vêtements d'Alex...

Alex lui ouvrit la porte d'entrée avant qu'elle ait sorti sa clef.

« J'ai téléphoné à Louise, lui dit-il. Je voulais aller

te chercher, t'emmener dîner. Il avait l'air blessé. Je voulais te proposer quelque chose. »

Polly pensa : il va me demander ma main. Il va me proposer de m'épouser. Pour une fois, elle ne savait que répondre. Il était trop tard pour sortir, maintenant, et elle était si fatiguée, elle crut qu'elle allait s'endormir debout.

« Tu m'as laissé un mot pour me dire que tu serais là-bas.

– Je sais. J'avais l'intention d'y aller. »

Elle était tellement habituée à ce qu'il se fie à elle, à ce qu'il croie tout ce qu'elle disait, que l'expression de son visage la choqua. Mais elle était bonne menteuse. Elle avait beaucoup d'entraînement. Elle vint tout près de lui, elle le regarda droit dans les yeux.

« Je suis montée dans le bus, celui qui va dans la rue de Louise. Ce n'est qu'à deux arrêts. Mais j'étais si fatiguée que je me suis endormie et quand je me suis réveillée j'étais carrément à Finchley. »

Il la crut. Son visage s'éclaira et il rit, mais doucement.

« Tu aurais dû m'attendre et je t'aurais emmenée en voiture.

– C'est vrai. (Il fallait qu'elle sache.) Qu'est-ce que tu avais l'intention de me dire ? »

Il sourit.

« Ne t'inquiète pas pour ça. Une autre fois.

– J'ai vraiment besoin d'un verre. »

À ces mots, elle repensa à Trevor Lant la prévenant qu'elle buvait trop. Pourquoi lui avait-elle adressé la parole, d'ailleurs ? Pourquoi n'avait-elle pas gardé le silence quand il lui avait parlé ? Alex lui apporta un verre de vin.

« Tu as mangé ? lui demanda-t-il.

– Je ne veux rien. J'ai juste envie d'aller au lit. »

Supposons qu'il ait ouvert le lave-linge ? Avant de se mettre au lit, pendant qu'Alex regardait les infos à la télévision, elle sortit les vêtements de Trevor Lant. Elle les jeta dans un sac et plaça ce sac dans le fond de sa penderie. Elle avait beau être fatiguée, elle ne parvint pas à dormir. Comment faire pour s'échapper toute seule une heure ou deux, dans la matinée ? Juste retourner à Bristol Road à la lumière du jour, peut-être parler à un voisin et découvrir qui habitait là.

Alex s'endormit à côté d'elle, immobile et silencieux, comme toujours. Il veut m'épouser, songea-t-elle. Nous n'en avons jamais vraiment parlé, mais je sais que c'est ça. Il va me le demander, à un moment ou un autre du week-end. Je vais dire oui. Bien sûr, oui. Et quand nous serons fiancés, je ferai un vœu, ne plus dire de mensonges et ne plus jamais, jamais rien voler. Le vin que je boirai à mon mariage sera le dernier que je boirai de ma vie.

Elle dormit mal, et à son réveil elle s'aperçut qu'il était parti. Elle s'était dit, je pourrais lui dire. Je pourrais lui dire, maintenant. Mais non, elle ne pouvait pas. Lui dire qu'elle avait volé la valise d'un homme ? Sorti l'argent et les vêtements qu'elle avait rapportés ici, qu'elle avait cachés, avant d'aller voir où il habitait ? Et ce n'était pas la première fois, elle devrait le lui avouer. J'ai pris le livre de ma tantine. J'ai pris le Walkman d'un garçon et je l'ai jeté sous un camion. J'ai pris la montre d'Abby Robinson, je l'ai fracassée et c'est de là que me vient cette cicatrice. Et j'ai pris d'autres choses, je les ai prises pour me venger des gens, un sac à main de Louise, une fois, parce qu'elle ne m'avait pas invitée à sa soirée. Je l'ai jeté du pont, dans le canal. Alex me traiterait de folle. Peut-être que je suis folle. Il n'aurait pas envie d'épouser une femme comme moi.

Alex arriva avec un thé, pour elle. Il souriait.

« Passé une bonne nuit ?

– Ça va », lui dit-elle.

Il semblait avoir oublié son mot et les choses qu'elle lui avait dites.

« Je pensais que nous pourrions sortir ce matin, acheter ces livres qu'il me faut. »

Un jour, j'ai volé un livre et j'ai découpé les pages en morceaux parce que ma tantine m'avait fessée. Regarde mon doigt. C'est la cicatrice, là où je me suis coupée... Que ferait-il, si je lui disais ?

« Vas-y, fit-elle. Tu n'as pas besoin de moi. »

Pas de bus, ce matin. Il avait pris le métro et laissé la voiture. Elle pourrait raconter qu'elle l'avait prise pour des courses. Sur le chemin, en rentrant de Bristol Road, elle pourrait aller faire des courses, rendre ses mensonges vrais. Elle se sentait plus en sécurité, dans la voiture. Elle tourna le coin de la rue de Lant, aperçut sa voiture dans l'allée avant de voir la maison, elle était d'une couleur si vive. Un bleu paon éclatant, le genre de bleu qui vous fait mal aux yeux. Et la porte d'entrée, à la lumière du jour, était d'un jaune plus vif que le jaune d'œuf.

Donc c'était sa maison. À ce qu'il semblait. Il

aimait les couleurs vives, les valises orange, la porte jaune, la voiture bleu paon. Comme elle était dans la voiture, elle ne portait pas le foulard, le long manteau et les lunettes de soleil. Elle refit le tour, lentement cette fois, de son côté de la rue. Et elle vit, juste derrière la lunette arrière de sa voiture, son petit bagage à main orange. Sa valise cabine orange.

Cela la renseigna sur ce qu'elle voulait savoir. Il habitait ici. C'était sa maison. Maintenant, il suffisait qu'elle lui rende tout, les vêtements – elle les laverait et les repasserait – et l'argent. En s'éloignant de Bristol Road, elle songea à les lui expédier par la poste. La poste marchait mal ces derniers temps. Imaginons que l'argent se perde, par la poste ? Alors trouve un autre moyen de le restituer. Quelqu'un au volant d'une voiture la klaxonna au passage. Qu'avait-elle fait ? Elle n'en savait rien. En tout cas, ce n'était pas lui, ce n'était pas Lant. Le conducteur qui l'avait klaxonnée était dans une voiture noire. Elle se gara sur le parking du Tesco et entra, poussa un chariot entre les rayons de fruits et légumes.

Si seulement je pouvais lui rapporter l'argent, se dit-elle, sans me faire voir, je ne prendrais plus jamais rien. Non, pas plus rien « prendre » – plus rien «voler». Sers-toi du mot juste, se dit-elle. J'ai volé cet argent, tout comme j'ai volé le Walkman de Tom et le sac de Louise. Mais cela m'a guérie. Je ne recommencerai plus jamais. C'était drôle, une fois qu'on avait vu quelque chose d'inhabituel, comme sa voiture, assez vite on en voyait d'autres identiques. Elle n'avait jamais vu auparavant de voiture tout à fait de la couleur de la sienne, mais il y en avait une sur le parking du Tesco, bleu paon.

Sur le chemin du retour, elle essaya de réfléchir aux moyens de rapporter cet argent. Si sa voiture était là, c'est qu'il y était aussi. Si elle n'était pas là, il était sorti. Il n'en serait pas forcément toujours ainsi. La voiture pouvait être en révision, il avait pu la prêter à un ami ou l'enfermer dans un box quelque part. Elle allait devoir surveiller la maison jusqu'à ce qu'elle le voie sortir. Mettre l'argent dans de petites enveloppes et, une fois qu'il serait parti, glisser les enveloppes dans la boîte aux lettres de cette porte d'entrée jaune. Et ses vêtements, repassés avec soin, la chemise jaune et la rouge, et le T-shirt orange.

Pourquoi n'avait-il rien dit à la police ? Elle trouvait ça curieux. Il avait dû deviner que c'était Polly qui lui avait pris sa valise. Elle avait voyagé en classe club, donc il devait savoir qu'elle était descendue de l'avion avant lui. Quand il n'avait pu retrouver sa valise, la première personne à qui il avait pensé, c'était elle. Et ensuite, quand ils l'avaient retrouvée chez les Dames… C'était clair, et il avait dû se rendre directement à la police de l'aéroport. Alors pourquoi la police ne lui avait-elle pas téléphoné, ou n'était-elle pas venue ici ? Et si elle était venue ? Encore une voiture bleu paon derrière elle, à deux véhicules de distance et, l'espace d'un instant, elle eut peur. Mais une fois rentrée chez elle, sa peur avait disparu.

À son entrée, l'expression du visage d'Alex l'effraya. Il ne se mettait presque jamais en colère, mais là, il avait l'air furieux. Elle se dit : il est allé regarder dans mon bureau et il a trouvé l'argent. Ou la police est montée voir. Mais elle se trompait. C'était seulement que son ordinateur était tombé en panne et il allait devoir appeler pour réparer. Tout souriant, ravi de la voir, il l'aida à rentrer ses sacs de courses.

« Tu ne m'as pas dit que nous allions dîner chez tes parents, ce soir ? »

Elle avait oublié.

«J'ai oublié, lui répondit-elle. Tu n'as pas envie ? Je peux annuler.

– Non, ça ne me déplaît pas d'y aller. C'est juste qu'on avait parlé de sortir voir ce film. On peut y aller avant. Non ? »

Il fallait qu'elle monte la garde devant la maison de Lant. Elle avait l'intention d'y retourner cet après-midi, voir si sa voiture était partie ou rester là-bas jusqu'à ce qu'il sorte, qu'il démarre et s'éloigne. Ensuite, elle pourrait mettre l'argent dans sa boîte aux lettres... Cela devrait attendre, voilà tout. Attendre toute la journée de dimanche ? On ne l'attendait pas au travail avant lundi midi, mais fallait-il attendre jusqu'à lundi matin ?

« Tu as pris un journal ?

– J'ai oublié, dit-elle encore. Je vais ressortir.

– Non, je vais y aller. »

Jamais elle n'avait été aussi contente de le voir s'en aller. La laisser seule. Dans le passé, elle l'avait toujours voulu avec elle. Maintenant, il sortait, et cela la soulageait. Elle courut à son bureau et ouvrit le tiroir où était l'argent. Elle disait *son* bureau parce qu'elle l'utilisait, mais en fait c'était celui d'Alex. Presque tout dans la maison était à Alex, les tapis, les rideaux, les tables et les chaises, les ustensiles de cuisine. Tout était resté comme c'était lorsqu'elle avait emménagé avec lui. Elle n'avait apporté avec elle qu'une radio, une ou deux lampes, un peu de porcelaine et des verres. Elle avait investi le bureau car c'était elle qui travaillait parfois à la maison. À sa connaissance, il ne l'occupait jamais.

Et il ne s'en était pas approché, ce matin. L'argent était tel qu'elle l'avait laissé. Pourquoi Lant avait-il voulu des livres, des dollars et des euros? Peu importait. Elle trouva des enveloppes, dix, et mit l'argent dedans, cinq cents livres dans chaque. Alex ne s'approchait jamais du bureau, mais l'argent n'y était quand même pas en sécurité. Elle monta les enveloppes au premier et les rangea dans le tiroir de ses dessous. Ensuite, elle vérifia les vêtements de Lant. Ils étaient là où elle les avait laissés, dans le fond de sa penderie. Si elle faisait une machine tout de suite, son linge avec le sien, Alex risquait de voir la chemise jaune et le T-shirt orange de Lant quand elle les sortirait du tambour. Mieux valait attendre demain…

Il était de retour avec son journal au moment où elle descendit au rez-de-chaussée. Ils passèrent au salon, et le téléphone sonna. Là encore, se dit-elle, ça va être la police. Ou Lant lui-même. Lant. Il sait. Il a dû me voir ce matin. Elle décrocha et fit « Allô ? ».

Alex était debout à côté d'elle. Elle insista : « Qui est-ce ? » Il y eut un silence, aucune respiration, rien que du silence. « Qui est-ce ? » Elle avait la voix tendue, paniquée. Il n'y eut pas de réponse et elle reposa le combiné.

Elle se tourna vers Alex. Il s'était assis, le journal sur les genoux.

« Qui était-ce ? fit-il. Quelqu'un que tu connais ?

– Je ne sais pas qui c'était, dit-elle, ses yeux croisant les siens. Il n'a pas parlé.

– Il ?

– Il, elle, je t'ai dit, je ne sais pas. On n'a rien dit. »

C'était une erreur, une grave erreur, de la part d'une bonne menteuse.

Alex lui répondit à sa manière tranquille et aimable.

« Quand mon ami George était marié à sa première femme, ils recevaient pas mal de coups de fil, un correspondant qui se taisait. Si George répondait, il n'y avait personne sur la ligne. Quand elle répondait en présence de George, elle disait "Qui est-ce ?", sans recevoir de réponse non plus. Bien-sûr, il ignorait ce qu'elle répondait quand il n'était pas là.

– Je ne comprends pas, fit Polly, et pourtant elle avait compris.

– Oh, en fait, reprit Alex, peu de temps après, elle est partie avec un type qu'elle fréquentait. »

Après avoir déjeuné, ils allèrent au cinéma.

Polly suivit le film, mais quand ce fut fini, elle aurait été incapable de dire de quoi cela parlait ou même qui jouait dedans. Elle pensait à l'argent, aux vêtements de Lant et au coup de téléphone. Surtout au coup de téléphone. Elle n'avait jamais reçu de coup de fil pareil. Ce devait être Lant. Il n'avait pas dit un mot, mais elle savait que c'était Lant. Il ne l'avait sans doute pas vue ce matin, mais il avait deviné que c'était elle qui lui avait pris sa valise. Il s'était débrouillé pour trouver où elle habitait. Pas dans l'annuaire. Dans l'annuaire, il n'y avait que le nom d'Alex. Cette adresse était sur ses bagages, quand elle attendait dans la file, pour l'enregistrement. Il avait dû la noter, soit à l'aller pour New York, soit au retour. Mais non, ce devait être lui, dans le parking. Ce devait être lui qui l'avait suivie.

Donc il connaissait bien son adresse. Pourquoi ? Parce qu'il voulait se venger, lui aussi…

Son adresse, mais pas son numéro de téléphone… Les renseignements le lui auront donné. Composer le cent dix huit cinq cents. Obtenir la liste électorale en ligne, puis donner le nom et l'adresse d'Alex. C'était facile. Qu'allait faire Lant, ensuite ?

Pourquoi n'était-il pas allé à la police ? Que fabriquait-il ? Cela avait peut-être un rapport avec l'argent. Et s'il n'était pas à lui ? Il avait pu le voler… Si c'était le cas, les policiers seraient les dernières personnes qu'il irait trouver. C'était sûrement la réponse.

Elle se sentit très soulagée. Lant ne dirait rien à la police parce que l'argent n'était pas à lui. Mais il fallait qu'elle le lui rende. Polly repensa à tous les films qu'elle avait vus où les gangsters se faisaient voler leur argent. De l'argent qu'ils avaient volé, mais qu'ils considéraient quand même comme le leur. La première chose qu'ils décidaient, c'était se venger. Lant voudrait ce que son père appelait se faire justice soi-même…

Il fallait qu'elle lui rende cet argent. Mais il fallait s'en occuper vite. Elle n'osait pas attendre lundi. Cela lui laisserait toute une journée pour préparer sa vengeance.

Il fallait s'en charger tout de suite. Lant risquait de venir ici et de la malmener, elle, ou pire, Alex. Quand ils sortirent de la salle, Alex lui dit ceci :

« Je n'ai pas trouvé ça formidable, et toi ? Pas aimé la façon de jouer de cette femme. La vraie vie, ce n'est pas comme ça.

– Non, dit-elle. Non, tu as raison. »

Elle n'avait presque rien retenu, mais elle savait que la vraie vie, ce n'était pas comme ça.

CHAPITRE SIX

« Il faut que je ressorte, fit-elle.

– OK, je viens avec toi.

– Oh non, je vais chez Louise. Il ne vaut mieux pas que tu viennes. Tu ne l'aimes pas. Je lui ai emprunté un pashmina avant de partir et il faut que je le lui rapporte. »

Le visage blême, il lui répondit :

« Je promets de ne pas téléphoner, cette fois-ci. »

Polly ne savait que dire. Elle sourit, le visage crispé par le souvenir. C'était l'anniversaire de Louise, son vingt-cinquième. Polly lui avait envoyé une carte de vœux mais elle ignorait tout de la soirée. C'était Roz qui s'était rendue à cette fête et, pensant que Polly avait été empêchée, lui en avait parlé le lendemain. Polly se rappelait combien elle s'était sentie blessée et en colère. Ne pas être conviée, elle qui était la meilleure amie de Louise ! À sa visite suivante chez Louise, elle était entrée dans la chambre et lui avait pris son sac à main. Sur le trajet du retour – c'était avant qu'elle rencontre Alex –, elle s'était arrêtée sur le pont du canal, dans le noir. Elle avait brandi le sac par-dessus le parapet et l'avait laissé tomber dans l'eau noire et luisante. Elle entendait encore l'éclaboussement, et elle avait senti une goutte d'eau gicler. Plus tard, elle avait découvert que Louise lui avait envoyé une carte d'invitation, qui s'était perdue dans le courrier.

« Nous sommes attendus chez tes parents à sept heures. Alex l'embrassa. Ne sois pas trop longue.

– Non, dit-elle. »

Elle sentit son baiser la brûler comme si elle était coupable d'un crime à son égard. Et c'était le cas.

Elle lui avait encore menti. Elle monta au premier en courant, sortit l'argent de son tiroir et le rangea dans le plus gros sac qu'elle avait. Ce fut seulement une fois sortie dans la rue et montée dans la voiture qu'elle s'aperçut qu'elle avait oublié les vêtements de Lant. Ils étaient encore sales. Elle les laverait demain et les lui renverrait par la poste. Comme tout cela serait facile si elle et Lant étaient rentrés de New York un mercredi, si nous étions aujourd'hui jeudi et si Alex était au bureau. En fait, rien n'était facile. Il ne fallait pas qu'elle traîne. Elle ne devait pas donner à Alex de raisons de la soupçonner à nouveau.

La voiture bleu vif de Lant était encore dans son allée, tout comme dans la matinée, mais le bagage cabine orange n'était plus dedans. Il était plus tard que la veille, il faisait très froid mais sec, et le ciel était dégagé. Loin au-dessus des réverbères et des branches d'arbres nues, elle pouvait apercevoir la courbe d'une lune blanche et brillante. Au premier et au rez-de-chaussée de la maison de Lant, il y avait de la lumière. Derrière les rideaux, les lumières paraissaient orange, la couleur qu'il aimait. Elle resta dans la voiture, dans le noir, de l'autre côté de la rue, un peu plus haut. Une voiture était garée devant la sienne et une autre derrière. S'il regardait par cette fenêtre orange, il ne serait pas en mesure de la voir.

À mesure que le moteur refroidissait, il faisait de plus en plus froid dans l'habitacle. Elle se mit à grelotter et elle regretta de ne pas avoir enfilé un manteau plus chaud. Il était tout juste six heures et quart. Elle avait espéré que la voiture de Lant serait partie, sa maison plongée dans l'obscurité, et qu'elle pourrait vite lui restituer l'argent. Supposons qu'elle doive rouler un peu, rien que pour avoir un peu de chauffage. Elle se réchaufferait, mais le temps qu'elle s'éloigne, il risquait de partir. Il valait mieux le voir s'en aller. Elle frissonna, se frotta les mains et les avant-bras.

À sept heures moins vingt, la lumière du premier, dans la maison, s'éteignit. Les deux lumières de l'escalier restèrent allumées, celle de la pièce côté rue et celle qu'elle pouvait voir dans son vestibule, à travers le panneau vitré de la porte d'entrée. Elle respira un bon coup, angoissée par l'attente. Elle avait les mains glaciales. Elle eut l'impression qu'il s'écoula des heures avant que la lumière de la pièce de devant ne s'éteigne. Elle se dit, maintenant, il doit s'en aller, je vous en prie, faites qu'il s'en aille, sinon je vais être en retard, et que dirai-je à Alex ?

Je pourrais lui téléphoner. Je pourrais téléphoner à ma mère. Et dire quoi ? Que je suis bloquée dans un embouteillage ? Je ne peux pas partir maintenant, alors qu'il va sortir d'une minute à l'autre. La lumière dans son vestibule est restée allumée. Il l'a peut-être laissée en sortant. Les gens font ce genre de choses, elle, ça lui arrivait, pour faire croire aux cambrioleurs qu'il y avait quelqu'un à la maison. La seule voleuse, ici, c'était elle…

La porte d'entrée s'ouvrit et il sortit. Elle songea, maintenant je sais, avec certitude, que c'est lui. Je n'en étais pas sûre avant, mais maintenant je sais. À la lumière du réverbère et du panneau vitré au-dessus de sa porte d'entrée, elle vit qu'il portait le même costume noir, avec un pardessus en poil de chameau. Sa chemise était rouge, sa cravate rouge et noir. Il ne regarda pas dans sa direction, il monta dans sa voiture, démarra et alluma les phares. Quand il partit, il était sept heures moins trois.

Elle ne perdit pas de temps, sortit, traversa vite la rue et se rendit à sa porte. Sur le perron, elle réfléchit : il y a peut-être quelqu'un à l'intérieur qui va venir à la porte quand je vais ouvrir la boîte aux lettres. En tâchant d'être très silencieuse, elle poussa le volet de la boîte et glissa la première enveloppe dedans. Personne ne vint. C'était le silence. Les autres enveloppes, ensuite, une, deux, trois. Elle crut entendre un bruit à l'intérieur et sa main se remit à trembler, comme tout à l'heure à cause du froid. Il n'y avait peut-être personne. Peut-être était-ce un chat ou un chien. Elle attendit, écouta. Rien. Elle introduisit le reste des enveloppes, entendit la dernière tomber sur le paillasson.

Il était sept heures cinq.

Presque aussitôt, dès qu'elle s'engagea dans cette circulation chargée, elle eut l'intention de tout dire à Alex. Mais elle était déjà en retard. Tous les feux passaient au rouge dès qu'elle en approchait. La file avançait très lentement. Un feu qui était vert pour la première voiture était repassé au rouge quand elle arriva à sa hauteur. Horrifiée, elle vit l'aiguille de sa montre dépasser sept heures vingt, puis vingt-cinq. Ce fut une succession d'embardées et d'à-coups, au gré des sautes de vitesse, et elle finit par atteindre la maison à huit heures moins vingt-cinq. La porte d'entrée était ouverte. Alex l'attendait sur le pas de la porte.

Il ne dit rien, il secoua juste un peu la tête. Elle courut au premier, se changea pour enfiler une jupe longue et un pull, se coiffa, et trois minutes plus tard elle était dans la voiture avec lui.

« J'ai téléphoné à ta mère, fit-il, d'une voix froide. J'ai dit que nous serions retardés. Je ne savais pas de combien.

– Je peux t'expliquer, dit-elle. Il y avait une circulation terrible. J'ai fait aussi vite que possible. »

Il ne répondit pas. Elle songea : je me demande s'il a téléphoné à Louise. Je ne peux pas lui demander. Je ne peux absolument pas lui demander ça. Enfin, le pire est derrière moi. J'ai rendu son argent à Lant. Demain, je laverai ses vêtements et je les repasserai, et lundi matin je les lui renverrai. Je ne retournerai jamais à Bristol Road. Je ne volerai plus jamais rien, je ne mentirai plus jamais, je ne boirai plus jamais, une fois que tout sera terminé.

Tout en roulant, Alex s'adressa à elle.

« Quelqu'un a téléphoné. Un homme. C'était à peu près une demi-heure après que tu es sortie. Il a dit qu'il était le dragon de Komodo et ensuite il a raccroché. »

Elle crut qu'elle allait crier et se plaqua la main sur la bouche pour s'en empêcher. Alex avait les yeux fixés sur la route.

« Je n'apprécie pas trop ce genre de plaisanteries, fit-il. Ce dragon de Komodo est superbe, un magnifique lézard géant, pas de quoi rire ou frémir. »

La voix de Polly se réduisit à un glapissement suraigu.

« Je ne vois pas qui c'était, mentit-elle.

– Peut-être un faux numéro. Je trouve qu'on en reçoit pas mal, ces derniers temps, non ? »

Il ne dit plus un mot de tout le trajet jusque chez ses parents. Quand son père, à peine étaient-ils entrés, tendit à Polly un grand verre de vin, Alex se rembrunit. Elle pensa à Lant la traitant d'alcoolique. Avoir besoin d'un verre autant qu'elle en avait besoin, cela faisait-il de vous une alcoolique ? J'ai beaucoup bu sur ce vol, c'est vrai, admit-elle. Alex ne boit presque pas. Si jamais nous devions nous unir – et il le faut, je vous en prie, il le faut plus que jamais –, je dois moins boire. Je vais m'en tenir à ce que j'ai dit et boire pour la dernière fois à mon mariage. Et elle avala son verre de vin.

C'était la deuxième fois que Lant lui téléphonait, mais, si Alex avait raison, cet appel précédait le moment où elle lui avait rendu l'argent. Maintenant qu'il l'avait récupéré, il allait la laisser tranquille. Il allait l'oublier, tourner le dos à tout ça.

Sa mère leur avait préparé un grand repas. Tout d'abord un potage poireaux pommes de terre, puis un rôti d'agneau et une tarte au citron. Avant de rapporter cet argent, Polly aurait été incapable de manger. Maintenant, elle y parvenait, en dépit de ce deuxième coup de téléphone. Lant avait appelé juste parce qu'il voulait son argent. Elle avait faim, et son père remplissait son verre à ras bord.

Alex parlait du film qu'ils avaient vu, et il conseilla à ses parents d'aller le voir. Polly ne se souvenait de rien. Elle aurait aussi bien pu ne pas l'avoir vu du tout. Puis son père fit quelque chose qui la fit rougir et lui figea le regard.

« Tu as dû avoir une journée très pleine, Polly. Je t'ai vue à Willesden ce matin. J'ai klaxonné et je t'ai fait signe, mais tu étais perdue dans tes rêves. »

Nier? Un homme ne saurait prendre une inconnue pour sa fille.

« Je ne t'ai pas vu, papa », dit-elle, sans oser regarder Alex.

Elle se souvenait de la voiture noire qui l'avait klaxonnée. Elle avait cru que c'était à cause de sa conduite. Elle finit son verre de vin en pensant, j'aimerais boire, me saouler, dormir, ne pas avoir à rentrer à la maison avec Alex en voiture.

Mais elle était obligée. Sur le trajet, il prit la parole.

« Il faut que nous parlions, Polly?

– Ah oui?

– Quand nous serons rentrés. »

Je ne l'ai jamais aimé autant que maintenant, songea-t-elle, déjà prise de panique. Je l'aime. Je ne peux pas le perdre. Il allait me demander en mariage. Et maintenant?

À la maison, il lui dit, d'une voix qu'elle ne lui avait jamais entendue, une voix froide et distante :

« Je suppose que tu veux encore un verre?

– Non, dit-elle. J'ai déjà trop bu.

– Au moins tu le sais, et c'est déjà quelque chose. Assieds-toi, alors. (Il s'assit en face d'elle et prit ses mains dans les siennes.) Il s'est produit beaucoup de choses étranges. Parlons-en. »

Retrouver la chaleur de ses mains la fit sentir tout de suite mieux.

« Parler de quoi ?

– Eh bien, j'ai cru à ton histoire, que tu t'étais endormie dans le bus. Mais maintenant je n'y crois plus. Tu m'as dit que tu étais allée faire des courses, ce matin, or ton père t'a vue à Willesden. Et ce soir. Tu n'es pas allée chez Louise. Louise m'a dit vendredi qu'elle partait pour le week-end. Elle partait juste quand tu as téléphoné. Et ensuite il y a eu cet idiot qui m'a raconté qu'il était le dragon de Komodo. Qu'est-ce qui se passe, Polly ?

– Il ne se passe rien. Vraiment et sincèrement. Ce n'est rien. »

Il ne lui lâcha pas les mains.

« Est-ce que tu vois quelqu'un d'autre ?

– Oh non, bien sûr que non. Je te le promets. Je t'aime, Alex. Il ne pourrait pas y avoir quelqu'un d'autre, jamais de la vie.

– C'est que lorsque tu es partie pour New York, au mariage de Lizzie, je me suis dit, je pourrais y aller aussi, mais elle ne voudra pas de moi. Si elle avait voulu de moi, pourquoi ne me l'a-t-elle pas demandé ? Est-ce qu'elle va retrouver un homme, à New York ? Est-ce qu'il rentre avec elle ? Et ensuite, quand je t'ai retrouvée à Heathrow, tu étais si contente de me voir, tu avais l'air si heureuse, j'ai cru que je m'étais trompé.

– Tu t'es trompé, fit-elle. Tu as été si généreux, m'acheter un billet en classe club. J'étais si reconnaissante que je n'avais plus envie de partir et de te laisser. »

Elle s'agrippa à ses mains, les porta à ses lèvres et les embrassa.

« Je ne t'avais jamais vu jaloux.

– Oh, si. J'ai toujours été jaloux. Je ne t'ai rien laissé voir, c'est tout. »

CHAPITRE SEPT

Le cœur léger à présent, elle se leva tôt, à huit heures elle avait mis le linge dans la machine, sa lessive, le linge d'Alex et les vêtements de Lant. Ça va être une belle journée, pensa-t-elle. Le soleil brillait et il faisait moins froid. Il y avait des fleurs roses dans l'arbre du jardin des voisins et des tulipes qui pointaient de leurs bacs. Elle monta une tasse de thé à Alex. Il resterait au lit pendant qu'elle sortait le linge de la machine. Juste au cas où il remarquerait les vêtements de Lant.

Ils se partageaient les tâches domestiques. Il risquait de lui proposer de s'occuper du repassage. Donc elle repassa vite la chemise jaune de Lant, et une verte. Le temps qu'Alex descende, les vêtements de Lant étaient dans un sac en plastique et enveloppés dans du papier kraft, prêts pour la poste.

Dehors, le temps était printanier. Elle fit quelques pas, caressa les branches des arbres en bourgeons et huma l'air. Maintenant que tout était éclairci, se dit-elle, Alex allait la demander en mariage. Il allait probablement la demander en mariage aujourd'hui. Quand elle lui avait monté son thé, il avait dit quelque chose, parlé de l'emmener déjeuner. Ce serait sûrement le pub sur le fleuve. Ou alors il attendrait ce soir pour se déclarer. À la nuit tombée, c'était plus romantique. Ce pourrait être un mariage du mois de juin. Où iraient-ils pour leur lune de miel ? Pas à New York, ça, non, pas New York, songea-t-elle, pourtant on disait que c'était agréable, en juin.

Elle entra et trouva Alex dans la cuisine.

« Tu t'es affairée, dit-il. Tu veux que je repasse ce paquet ?

– Si tu veux. »

C'était si bon de ne plus rien avoir à craindre, de savoir qu'elle pourrait dire la vérité. À partir de maintenant, je n'inventerai plus jamais de mensonges, se dit-elle. Je ne lui dirai plus jamais que je suis allée quelque part où je n'étais pas. Je vais changer. Je vais devenir une personne différente. Je vais être la personne qu'il croyait que j'étais avant ce vendredi.

Il avait commencé le repassage, il avait déjà repassé une de ses chemises. Il tira de la panière le T-shirt orange. C'était celui de Lant. Elle l'avait manqué en repassant ses vêtements. Elle avait fait le reste et tout emballé, mais elle avait loupé ce T-shirt. Alex le leva en l'air, l'observa.

« C'est à toi, Polly ?

– Oui, bien sûr, mentit-elle.

– Une drôle de couleur, pour toi. Tu l'as acheté à New York ?

– Oui, à New York.

– Il m'a l'air un peu grand. C'est la mode ? »

Elle hocha la tête, écœurée de toutes ces paroles mensongères.

« Tu sais ce que cette couleur me rappelle ? (Alex étala le T-shirt sur la planche à repasser.) Ça me rappelle cet homme que nous avons aperçu à Heathrow. Tu te souviens ? À l'enregistrement ? Il portait un costume noir et il avait une valise orange. Tu te souviens ? »

Elle savait que son visage était devenu écarlate.

« Peut-être, dit-elle. Je crois, oui.

– Tu m'as dit qu'il était facile à repérer. Qu'on ne pouvait pas le manquer.

– Ah oui ? »

Elle aurait aimé qu'il ne dise pas cela. Cela faisait passer un nuage sur cette journée. Pendant qu'ils parlaient, le soleil avait disparu. Le ciel était gris à présent. Apparemment, il allait pleuvoir. Alex était en train de repasser le T-shirt, il en prenait un soin particulier car il était à elle. Il repassait mieux qu'elle. Quand il eut terminé, il alla chercher un cintre dans la penderie du couloir et y suspendit le T-shirt.

« Là, dit-il. Maintenant tu vas pouvoir le mettre quand on sortira. »

Elle essaya de sourire.

« Oh, non, il ne fait pas assez chaud. C'est pour l'été. »

Elle monta à l'étage, le plia et le joignit au colis qu'elle allait envoyer à Lant. Maintenant, pour la première fois, elle pensa à lui comme à un être humain. Une personne avec des sentiments, des besoins, des amours, de la douleur. Cela avait dû lui faire un grand choc de récupérer sa valise orange sans l'argent. Quand il avait su qu'il avait perdu tout cet argent… Comment avait-il réagi ? Sans rien faire ? Avait-il parlé à la police ? Il avait dû. Polly n'avait plus pensé à la police, plus depuis la première fois, quand elle était rentrée à la maison, le vendredi soir, en se disant que la police l'attendait peut-être. Et s'ils la recherchaient, en ce moment même…

Mais elle avait rendu l'argent. Jusqu'à la dernière livre, jusqu'au dernier dollar, au dernier euro. Et demain, elle allait lui renvoyer ses vêtements.

Lavés, repassés, soigneusement pliés. Franchement, elle lui avait rendu service. Il ne lui était rien arrivé de mal. Tout le mal avait été pour elle, et elle se souvenait de ce filet de café brûlant qu'il lui avait versé sur son pantalon crème. Oublie ses sentiments, ses besoins, se dit-elle. Oublie ses amours et sa douleur. Tout est fini.

Et elle allait mieux. Grâce à la présence d'Alex, elle allait mieux. Elle n'avait pas agi comme avec le livre de bibliothèque de tantine Pauline, qu'elle avait découpé en morceaux. Elle n'avait pas découpé l'argent de Lant en morceaux. Elle ne l'avait pas détruit, comme le Walkman de Tom et la montre d'Abby. Elle ne l'avait pas lancé par-dessus le pont du canal comme le sac de Louise. Elle lui avait rapporté son argent et elle lui renverrait ses vêtements. Il aurait été plus simple de détruire l'argent et les vêtements, mais elle n'en avait rien fait. Si elle avait pu tout raconter à Alex, tout depuis le livre de tantine Pauline jusqu'à l'argent de Lant, il aurait constaté qu'elle allait vraiment mieux qu'avant. Elle ne pourrait jamais le lui raconter.

Elle s'habilla avec soin, pour sortir, un tailleur bleu ciel. Pourquoi les hommes vous préféraient-ils toujours en bleu ? Elle l'ignorait. Mais elle était certaine qu'en descendant au rez-de-chaussée Alex lui dirait : « Tu es ravissante. »

C'était étrange, la force de ce besoin de s'expliquer, avec lui. Ce n'est qu'en lui révélant tout qu'elle pourrait se mettre à l'abri et être vraiment en sécurité. Ensuite, si la police venait, il saurait pourquoi. Elle et lui, dans tout ça, ils seraient ensemble. Elle aimait ce mot, se dit-elle, le mot « ensemble ». Un jour, quand Alex et moi nous aurons vécu des années ensemble, alors je lui dirai. Quand nous serons vieux, je lui dirai. Et s'il découvre tout bien avant ? Je dois courir ce risque, songea-t-elle. La vie, n'est-ce pas une suite de risques ?

Elle descendit de l'étage. Alex avait terminé le repassage et il était assis à la table, en train de lire le journal.

« Tu es ravissante.

– Alors, on y va ?

– Je voudrais m'arrêter sur le chemin de la maison et acheter deux ou trois choses pour le dîner de ce soir. Nous allons avoir un dîner un peu particulier. »

Il était très romantique. Il allait probablement

mettre un genou au sol. Elle se rappelait quelque chose. Deux jours avant de partir en Amérique, elle avait égaré une de ses bagues. Elle était réapparue le lendemain, et elle n'avait pas du tout compris comment elle avait pu ne pas la retrouver la veille. Maintenant elle comprenait. Alex la lui avait « empruntée » pour acheter une bague de fiançailles aux mêmes mesures.

Sur le chemin du retour, après leur déjeuner, il se mit à pleuvoir. Une fine bruine au début, puis une averse. Polly resta dans la voiture pendant qu'Alex entrait dans plusieurs boutiques, pour acheter du saumon fumé, un canard, une salade et des fruits. Il acheta aussi du champagne et une bouteille de vin de dessert. Il boirait très peu. C'était surtout pour elle.

Elle songeait à renvoyer les vêtements de Lant le lendemain. Par paquet recommandé, le cas échéant. Il partirait sûrement travailler. Elle pourrait les rapporter comme elle avait rapporté l'argent.

Alex prit la direction de la maison. La circulation, d'habitude plus fluide le dimanche, était chargée à cause de la pluie.

« Pourquoi faut-il toujours qu'on ait des embouteillages quand il pleut ?

– Je ne sais pas, fit-il. Personne n'en sait rien. C'est un des mystères de l'existence. »

Si elle avait rapporté le livre de tantine Pauline, et si elle lui avait dit ce qu'elle avait fait, sa vie n'en aurait pas été changée. Tout aurait été à peu près pareil. Si elle avait avoué à Abby Robinson que c'était elle qui lui avait volé sa montre, et si elle lui avait proposé de la rembourser, qu'aurait fait Abby ? Rien de plus, probablement. Elle aurait crié, elle l'aurait frappée, qui sait. Mais Abby se serait calmée et elle aurait pris l'argent. D'un autre côté, si elle n'avait pas pris le Walkman de Tom pour le jeter sous un camion, sa vie aurait peut-être été totalement différente. Ils seraient restés ensemble. Ils auraient pu se marier. Elle n'aurait jamais rencontré Alex. Alors, cela signifiait-il que ces actes étaient parfois bénéfiques ? Mentir et voler lui avaient amené Alex…

Ils tournaient au coin pour s'engager dans leur rue. Alex avait vécu dans cette maison quatre ans, avant leur rencontre. Il avait posé la moquette et acheté les meubles, comme s'il l'apprêtait pour elle. Désormais, ce serait son domicile, son toit, pour des années. Peut-être y vivraient-ils toute leur vie, élèveraient-ils là leurs enfants. Alex tourna à hauteur du portail et elle leva les yeux. Garée devant la maison, une voiture de la même couleur que celle de Lant, du même bleu paon. Une couleur qu'on ne croisait pas très souvent.

Elle regarda encore. Ce qu'elle vit lui donna la nausée. C'était la voiture de Lant, et Lant était assis au volant.

CHAPITRE HUIT

Alex descendit, sortit les courses du coffre, fit le tour et lui ouvrit la portière côté passager. Il avait toujours ce geste. Il fallait qu'elle descende, et pourtant elle aurait préféré que la terre s'ouvre, et se referme sur sa tête.

« Entrons avant qu'il ne se remette à pleuvoir », dit Alex.

Elle le suivit, sans regarder derrière elle. Il déverrouilla la porte d'entrée. Une main sur son épaule la fit faire volte-face. Trevor Lant se tenait là, dans l'allée. Aujourd'hui, il portait une veste rouge vif. Il planta ses yeux dans les siens, le regard qu'elle avait avec les gens quand elle mentait, mais il ne lui adressa pas la parole. À Alex, il dit :

« Mais vous êtes qui, vous, nom de Dieu ?

– Qu'avez-vous dit ?

– Je vous ai demandé qui vous étiez.

– Je pourrais vous poser la même question. C'est ma maison.

– Et la femme qui est avec vous, c'est ma fiancée. (De nouveau, Lant lui posa la main sur l'épaule.) Merci de m'avoir rapporté l'argent, chérie. C'est juste pour ça que je suis venu. Tu as encore des vêtements à moi, mais tu pourras me les rapporter en venant ce soir. »

Polly tenta de parler, mais elle en était incapable. Elle tremblait de partout. Elle savait qu'elle avait viré de couleur, mais elle n'aurait pu dire si elle était devenue toute rouge ou toute blanche.

« Qui c'est, ce type, d'ailleurs ? Ton ex, je suppose.

– Allez-vous-en, fit Alex d'une voix qu'elle ne lui avait encore jamais entendue. Allez-vous-en ou j'appelle la police. »

Lant haussa les épaules.

« Je dois dire que je ne raffole pas trop de ton goût en matière d'hommes, Polly, sauf que maintenant, tu m'as, moi. (Il s'éloigna en riant.) Tu l'as, maintenant, ton dragon. À plus tard. »

Alors qu'il se remettait à pleuvoir, il repartit dans l'allée, passa le portail et monta dans sa voiture. Dans la rue, tout était gris sauf sa veste rouge et sa voiture bleu vif. Alex entra dans la maison et elle trébucha derrière lui.

Sa voix, qu'elle avait d'abord perdue, était revenue, une pauvre petite voix fluette.

« Je peux tout expliquer.

– Qu'y a-t-il à expliquer ? »

Il avait l'air très las.

Il entra dans la cuisine et s'occupa de sortir des sacs et de ranger dans le frigo tout ce qu'il avait acheté.

Sa voix reprit un peu de force.

« Je peux vraiment tout expliquer, Alex. Ce n'est pas ce que tu crois. »

Il laissa ce qu'il était en train de faire et la regarda. C'était le visage d'un étranger, un visage qu'elle ne lui avait jamais vu auparavant.

« Permets-moi de te dire ce que je pense, fit-il. Je sais qui est cet homme. Je l'ai reconnu, sans connaître son nom. C'est l'homme d'Heathrow, à la valise orange. Je pense que vous vous êtes rencontrés pendant le vol. Ou que vous vous connaissiez avant et que vous vous êtes arrangés pour vous retrouver à l'aéroport. De toute manière, tu as passé ton temps à New York avec lui. Tu l'as revu vendredi soir, samedi matin et hier soir. Je ne sais pas ce que l'argent vient faire là-dedans, ou les vêtements, mais peu importe. Tu peux t'en aller avec lui maintenant. Tu n'auras plus à me raconter de mensonges.

– Alex, ce n'est pas ça du tout. À Heathrow, je lui ai pris son sac. Sur le vol du retour. Et il fallait que je le lui rapporte… »

Sa voix se brisa et devint rauque. Il ne la croirait pas, évidemment. Personne ne la croyait. Elle allait devoir lui raconter toute l'affaire, depuis le début, quand elle avait huit ans.

« Ma tantine m'a frappée, dans le jardin, donc je lui ai volé son livre et j'ai découpé les pages et…

– Épargne-moi cela, Polly, lui dit-il. Je ne sais pas ce que ta tante vient faire là-dedans, ou le fait que tu aies volé le sac de cet homme. Tout ça, ce sont des mensonges, hein ? Je sais que tu dis des mensonges. Je l'ai toujours su, mais je pensais que tu finirais par changer. Je me suis trompé, c'est tout.

– Alex, non. Ne parle pas comme ça. Cet homme n'est rien pour moi. Je le connais à peine. C'est vrai que je suis allée à New York avec lui et que je suis rentrée avec lui. Je suis allée dans sa maison aussi, mais ce n'est pas ce que tu crois…

– C'est son T-shirt que j'ai repassé ?

– Oui, c'est le sien, mais je peux t'expliquer… »

Il n'eut pas la patience d'écouter ce qu'elle avait à lui dire. Elle l'entendit parler à quelqu'un au téléphone dans la pièce voisine, sans comprendre ce qu'il disait. Puis il monta au premier. Il fallait qu'elle lui fasse voir, d'une manière ou d'une autre. Si elle téléphonait à Lant, si elle lui parlait d'elle et d'Alex, de son amour pour Alex, si elle lui disait qu'ils allaient se marier, alors sûrement… Mais cela ne marcherait pas. Lant était venu ici exprès pour faire croire à Alex que Polly et lui avaient une liaison. C'était sa vengeance. Il avait vu, et maintenant elle voyait que tous ses actes, depuis qu'elle lui avait volé sa valise, les présentaient comme deux amants. Ses trajets jusqu'à son domicile, les mensonges qu'elle avait racontés, ses vêtements, qu'elle avait encore, la vérité qu'elle avait dû dire, qu'elle et lui étaient allés à New York ensemble et qu'ils étaient revenus par le même avion. Avait-il pu la suivre quand elle avait glissé l'argent par la porte, et avait-il vu Alex qui l'attendait sur le pas de la sienne ?

Au premier, Alex était dans leur chambre, il rangeait des affaires dans une valise. Elle songea combien de fois elle avait vu cette scène dans des films. La personne qui partait, occupée à boucler sa valise. Celle que l'on quittait qui le regardait faire. Elle eut froid dans la chambre chaude et elle éprouvait la même nausée que lorsqu'elle avait ouvert la valise de Lant.

« Je vais chez ma sœur, fit Alex. Je viens de lui téléphoner.

– Alex, es-tu en train de dire que tu me quittes ?

– Toi, tu m'as quitté, non ?

– Bien sûr que non. Je te l'ai dit, tout ça, c'est une erreur idiote.

– Tu n'as pas reçu d'argent de cet homme ? Tu n'avais pas de vêtements à lui ? Tu ne sais pas où il habite ?

– Oui pour tout ça, mais je peux t'expliquer…

– Je sais, dit-il, que ce que tu vas me dire sera encore un mensonge. Alors ne le dis pas. Au moins, ne te rends pas ridicule. Pas quand nous nous séparons. »

Il referma la valise.

Polly le saisit par le bras. Elle s'accrocha à lui des deux mains, comme si elle avait pu le retenir par la force.

« Ne dis pas ça, je t'en prie, non. Je peux t'expliquer, si tu me le permets.

– Laisse-moi partir, Polly. Il vaut mieux nous séparer. Nous avons été heureux dans cette maison, mais je ne veux plus vivre ici. Toi, tu seras avec lui, là où il habite, je ne sais trop où. Je vais probablement vendre cet endroit, mais il est trop tôt pour dire… »

Elle pleurait. Elle se pendit à lui, elle tenta de l'empêcher de partir. Doucement, il la repoussa, desserra l'étreinte de ses mains. Elle tomba sur le lit et sanglota. Alex descendit l'escalier et elle entendit la porte d'entrée se fermer.

CHAPITRE NEUF

Comment a-t-il pu me faire ça? se demanda-t-elle, allongée là. Comment a-t-il pu? Je lui ai expliqué. Je lui ai expliqué, dans la mesure où il me l'a permis. Il refusait d'écouter. En tout cas, Trevor Lant, lui, avait une raison de faire ce qu'il a fait. Il voulait se venger de moi parce que je lui ai pris son argent. Le lui rendre ne lui a pas suffi. Il voulait se venger et je peux comprendre. Je sais tout de la vengeance. Mais Alex…

Il s'était montré totalement excessif. Elle lui avait dit qu'elle pouvait s'expliquer et elle avait essayé, mais il avait refusé d'écouter. Il avait cru Lant, mais pas elle. Juste parce qu'elle racontait parfois des mensonges. Tout le monde en disait – sauf lui. Elle ne lui avait pas demandé d'avoir de si hautes exigences à son égard. Qui était-il, pour la juger? Qui était-il pour briser tout son monde en dix minutes?

Ce matin, il était sur le point de la demander en mariage. Il avait dû lui acheter une bague. Elle se leva du lit et regarda par la fenêtre. Il avait pris la voiture. C'était sa voiture, mais comment croyait-il qu'elle allait pouvoir bouger ? C'était cruel, ce qu'il avait fait, et pour ça elle le détestait.

Une idée lui vint et elle traversa la chambre, elle alla vers « sa » commode. Enfin, tout le mobilier était à lui, mais c'était la commode dans laquelle il rangeait ses affaires. Elle ouvrit un tiroir après l'autre. Ses vêtements étaient là, chaussettes, cravates, pulls, sauf dans le tiroir du bas qu'il avait vidé en faisant sa valise. Elle fouilla dans la table de chevet, de son côté du lit. Un livre, un vieux portefeuille, une montre qu'il ne portait jamais. Il n'avait emporté aucun de ses costumes, et juste une veste. Elle vérifia les poches de son imperméable, sa veste en cuir. Toutes les poches étaient vides sauf une, dans son pardessus. Là, il y avait un écrin de joaillier, une petite boîte carrée de velours rouge.

Elle souleva le couvercle. La bague était dedans. Elle était en or montée d'un seul gros diamant en taille carrée. Elle la passa à son doigt. Alex connaissait sa taille et elle lui allait parfaitement. Le diamant capta la lumière et traça un arc-en-ciel sur le mur. Elle n'aurait jamais le droit de la porter, désormais. Il reviendrait chercher le reste de ses vêtements, quand il la saurait au travail, il emporterait la bague et la donnerait à une autre femme. Où qu'il aille vivre, il aurait besoin de ses meubles, donc il les emporterait aussi. Tout l'amour qu'elle avait eu pour lui se transforma en haine.

Elle aurait aimé qu'un grand camion vienne. Les hommes de ce camion auraient emporté toutes ses tables et ses chaises, ses verres et sa porcelaine, et les auraient chargés à bord du camion. Ils auraient tout emporté quelque part, peu importait où, et elle aurait tout fracassé. Il n'y avait ni camion ni hommes. Elle était toute seule, mais elle pouvait quand même faire quelque chose.

Elle descendit et entra dans le salon. D'un seul mouvement du bras, elle balaya tous les bibelots d'une étagère. Le verre se brisa, et la porcelaine, la jambe d'un cheval en bois cassa net. Il avait brisé son monde, et elle allait briser le sien. Ce serait sa plus grande destruction. Elle attrapa le lecteur de CD et le lança contre le mur, sortit les CD de leurs boîtiers et les plia en deux. L'écran de la télévision était coriace, mais il se fendit au second coup de pied. Le verre des photos se fendit quand elle marcha dessus. Elle tira les livres des rayonnages et arracha leurs couvertures.

Elle crut d'abord ne pas pouvoir infliger grand-chose au mobilier, mais dans la cuisine elle attrapa un couteau à découper bien aiguisé. Elle le plongea dans la tapisserie des chaises, creusa des sillons dans le bois, poignarda les coussins et en sortit la bourre. Quand elle leur eut fait subir les ciseaux de la cuisine, les rideaux pendaient en rubans. Après quoi elle courut dans toute la maison, le couteau à la main, tailladant tout ce qui lui tombait sous la lame. Elle ouvrit le tiroir du meuble aux alcools, engloutit une bonne gorgée de vodka, fracassa le goulot d'une bouteille de vin rouge contre le frigo et le four, versa le vin sur la moquette claire.

Elle but à même les bouteilles brisées, se coupa la bouche. L'alcool l'entama enfin, la rendit d'abord furieuse, puis hébétée, étourdie, et elle se retrouva à plat ventre sur le sol, au milieu du désastre. Elle resta là, étendue, inconsciente, les bras en croix, et le diamant à son doigt clignait dans la lumière déclinante.

Édition exclusivement réservée
aux adhérents du club
Le Grand Livre du Mois
15 rue des Sablons
75116 Paris
réalisée avec l'aimable autorisation des éditions des Deux Terres

IMPRESSION : NORMANDIE ROTO IMPRESSION S.A.S. À LONRAI (61250)
DÉPÔT LÉGAL : JANVIER 2006.
N° D'IMPRIMEUR : 05-3414